U0964609

人文诗散丛书

梦与醒

张鲜明◎著

河北出版传媒集团
花山文艺出版社
河北·石家庄

图书在版编目（CIP）数据

梦与醒 / 张鲜明著. -- 石家庄 : 花山文艺出版社, 2025. 4. --（“诗人散文”丛书 / 霍俊明, 商震, 郝建国主编）. -- ISBN 978-7-5511-7002-4

Ⅰ. I267

中国国家版本馆 CIP 数据核字第 20257892P0 号

丛 书 名：“诗人散文”丛书
主　　编：霍俊明　商　震　郝建国
书　　名：梦 与 醒
Meng Yu Xing
著　　者：张鲜明

责任编辑：王　磊
责任校对：李　伟
美术编辑：王爱芹
内文制作：保定市万方数据处理有限公司
出版发行：花山文艺出版社（邮政编码：050061）
（河北省石家庄市友谊北大街330号）
销售热线：0311-88643299 / 96 / 17
印　　刷：河北新华第一印刷有限责任公司
经　　销：新华书店
开　　本：880 毫米×1230 毫米　1 / 32
印　　张：7.625
字　　数：160千字
版　　次：2025年4月第1版
印　　次：2025年4月第1次印刷
书　　号：ISBN 978-7-5511-7002-4
定　　价：50.00元

（版权所有　翻印必究·印装有误　负责调换）

目　录

CONTENTS

◎ 平行世界：在超现实的那一端

为光开门 / 003

山神之恋 / 006

胶泥部落 / 009

麦秆里的世界 / 012

写作之城 / 016

梦在做梦 / 020

火浴 / 024

一个想法在奔跑 / 027

回 / 030

密码 / 033

一个孩子和无数个妈妈 / 036

问路 / 038

路在赶我 / 042

卖蝉声的人 / 045
无脑人大会 / 047
在楼上 / 050
录音石 / 053
也许……可能…… / 055
到天上打水 / 058
赶考 / 061
拆楼记 / 064
球上的刑罚 / 066
愤怒的纸蛇 / 068
诗歌课 / 071
作家 / 074
为了记忆的忘却 / 077
创作谈 / 080
修行与表演 / 083
“叮——当——” / 087
飞行的囚徒 / 091
没有听众的演讲 / 095
飞升的女人 / 099

废话连篇 / 101
混形记 / 104
填空题 / 106
在雨中避雨 / 109
影子的自画像 / 111

◎ 人间细节：在现实的这一端

一张用旧的脸 / 117
与甲壳虫的游戏 / 122
一朵牡丹的凋谢 / 127
走出热被窝的过程 / 130
疲倦 / 135
老鼠算命 / 139
规则 / 144
“春不老”的老 / 149
与乞丐对视 / 157
低头是岸 / 161
长着尾巴的人 / 165

蛛网上的舞蹈 / 171
这时候 / 174
一杯茶 / 178
就像，就像 / 181
橱窗里的绣花衣 / 184
盆景盆里的风景 / 187
跟树说话的人 / 191
雨落运河 / 194
潢川鸡鸣 / 197
“牛皮公司” / 199
穿越时空 / 205
跟列子一起飞 / 208
阁楼上的“一千零一夜” / 211
磨道歌声 / 219
熬年 / 225
牛蹄子的滋味 / 231

诗人散文

SHIREN SANWEN

平行世界：在超现实的那一端

为光开门

两块垂天大幕，一左一右朝中间合拢，风景被遮蔽，天一下子黑了。我在黑暗的原野上走着，感觉是走在一个黑色立方体里。

困得要死，上眼皮似乎坠着石头，我用尽最后的力气想睁开眼睛，可眼帘还是合上了。就在我合上眼帘的一刹那，一个像摄影机取景器似的东西——姑且称它“取景器”吧——突然在我眼前打开。这是一个接近于正方形的框子，大得就像是整个天幕，它以意念的方式对我说：“开始吧。”那语气，就像是一位大导演。

难道是我走进了一台超级摄影机？

没等我回过神来，取景器左上角露出一个鸟头。这鸟头，以大约千分之一秒的频率极速伸缩着，正从取景器里往外钻。

取景器怎么会冒出这么个东西！

正惊异间，那鸟头变成了——或者说是牵连出来了——一个龙头。这龙头，牵扯着龙身，从那取景器里盘旋而出。

龙在天地间的虚空里旋转，变成了一支飞旋的巨大箭镞。箭镞棱角分明，闪闪发光，一边飞旋一边幻化。当我看清楚它的时候，这箭镞，已经变成了鹰嘴。

鹰嘴越来越大，几乎占满了那无边无际的取景器。

不知道是鹰嘴调整了方位，还是空间发生了扭曲，这时候的鹰嘴出现在取景器背后。鹰嘴叼着一个闪光的物件，这物件位于取景器正中间，似乎是一颗钻石，又似乎是一粒纽扣，抑或是一个门环。鹰嘴在虚空中悬停了一下，然后向身后退去，也就是向内拖曳着取景器。鹰嘴显得很吃力。突然，在取景器的背后——也就是鹰嘴所在的那个方位——出现了一只像参天大树那么粗大的手，一根食指套在鹰嘴叼着的那个东西上，把取景器向内拖曳。显然，它是在帮助鹰嘴。

这取景器是一道隐形的门。这门，像一块透明玻璃，虽说目不可见，却是真实存在的；它不但存在，而且还在咬牙切齿地阻挡着背后的一切，至死不肯放松。

这道门异常诡秘和顽固，牢不可破，任何外力都无法将它打开。然而，既然是门，就肯定有控制它的机关。这机关，就是鹰嘴里叼着的那个东西；只要掌握了它，就可以打开这道门。显然，鹰嘴和手是知晓这个秘密的，所以，它们死死地叼着、扣着那个机关，向里拉，向里拉。

鹰嘴和手指死命地拽着机关，那个机关却纹丝不动。鹰嘴愣了一下。它发现，门——取景器——的四周贴着一道封条，封条上有咒符似的图文。鹰嘴放开那个机关，从门的右上角处猛地叼住封条，用力地撕扯，撕扯，终于将那个封条撕开了。

一瞬间，门，无声地开了。

门的背后，是光，是光！原来，刚才在这里所发生的一切，是在为光开门！

光是一块巨大的金锭，它从门后沉甸甸地滚了出来。巨大而沉重的光瞬间开化，像决堤的潮水那样朝着四面八方漫延。天地间一片光明，山川重现，草木萌生，鸟飞兽走，满世界的风景都复活了，用各种腔调欢叫着，向着天边狂奔而去……

哈哈，天就是这样亮起来的！

山神之恋

一个山壁。

我面对的是一座山，奇怪的是，这山不想让我看到它的全貌，而只让我看到它的一个侧面。这一切，都是这座山预先安排好的——此后将有大事发生，它让我做见证人。

这山壁立陡立陡，呈不规则四边形，土黄色，一圈毛茸茸的植被勾勒出人头轮廓。山壁正面皱巴巴的，在这些褶皱里散乱地生长着树木和野草。树木和野草不是向着天空生长，而是从山壁上垂直地向外生长，就像是人脸上的胡子茬儿和汗毛。树木低矮粗壮，呈铜绿色。之所以是铜绿色，是因为这些树木想告诉我，它们太老了，跟山一样老。那些草，青中泛黄，呈现出金属的光泽和质感，这说明它们是从石头变化而来的，跟石头一样古老。

山壁抽搐了一下。

细看，是草木在动。它们带着巨大的冲动，齐刷刷地从山壁里头往外拱。随着草木的拱动，石头纷纷崩落，发出阵阵轰鸣。我闪身向后退去。就在我回头观看的时候，那山壁已变成一张人脸：上部的树木是头发；中间的灌木丛是眉毛；眉毛下方那两个波光荡漾的池塘，显然是眼睛（大概是为了证明自己真的是眼睛，它竟然俏皮地眨了眨）；正中间高高鼓起的小山梁，是鼻子。呃，山根那一丛浓密的青草，此时已变成胡须。在胡与须之间，一个完整的嘴唇出现了，上、下嘴唇，厚墩墩、红润润，显现出一道一道竖立的褶皱。

感觉是草木把一张人脸从山壁里头拽了出来；当然，也可能是那张人脸毅然决然地挣脱山壁，自己浮现了出来。

啊，这山，竟然是一个人！

就在我暗自惊叹的时候，那巨大的嘴唇翕动起来，发出嗡嗡的话语声："是该出来的时候了。"

一转眼，在我的左侧出现一个身影，是女人的身影。

我认定这是一个女人，是因为我看见了一双有两层楼那么高的绣花鞋。此时，我就站在绣花鞋的下面仰着脸往上看，我看见这绣花鞋粉白色的鞋底，看见鞋帮侧面的朵朵桃花；再往上看，是一块两三米厚的翠绿色衣袂，它鼓荡着，一褶一褶的，像是裙摆。

我想看清这女人的容貌，可她实在是太高大了，除了绣花鞋和衣袂，其余部分都在云中。虽说看不见她的身体，但我知道，她是从大地深处长出来的，此时正以极快的速度继续生长。最让我感到惊奇的是，这女人衣袂的材质是玉石或玛瑙，晶莹玉润，闪闪发光，显现出华贵的质感。

看不见她的容颜，但我知道，她十分十分美丽，那是一种无法言说的美丽——比美丽还要美丽——美丽得让人想哭。

空中传来歌吟般的声音：“我——来——了！”

起风了。

那女人的衣袂在风中裂开一道道细小的裂纹，随即传出细碎、清脆、悦耳的迸裂声。

啊，莫非……

我未及感叹出声，眼前这个女人自下而上噼噼啪啪地剥落，眨眼之间，轰的一声化成了一堆泥土。这泥土是黄色的，很细很细，带着土壤特有的颗粒感，泛着泥土的腥味，给人一种十分肥沃的感觉。泥土在生成的一刹那，就像是漫漶的水流和氤氲的水汽，迅速地朝着我刚才看到的那个山壁——也就是那张脸——的方向铺展开去。

在泥土铺展开去的地方，出现了一条无边无际的绿毯，它高低起伏，上面开满星星似的各色野花。野花层层叠叠向外涌出，涟漪一般荡漾开去。原来，我看到的是一位女神，她的名字叫“迎”。她出现在这里，是为了等待一张脸，为了那张脸，她把自己等成了石头。

此时，奔走的绿毯——也就是“迎”——爬上了那张由山壁变化而来的脸，在上头来来回回地擦洗着、抚摩着。那是她的男人，他的名字叫“山”。

胶泥部落

在一个地方，人们选举我——也可能是任命我——担任这里的首领。这个结果是通过意念传达给我的，那个意念说：“这是由幻象构成的世界，你要把它变成实体世界，这是你的使命。”

还没弄明白这是怎么回事，眼前就出现了一个巨大的几案，它看上去差不多有五百平方米那么大。身旁出现了一个人，看不清此人的五官，但我能感觉到这是一个女人。她是我的助手；当然，也可能是来监视我的。几案上放着一些木工工具，有锯、斧头、刨子，还有一大块胶泥。奇怪的是，木工工具也好，胶泥也好，均呈现为若实若虚、此中有彼、彼中有此的状态。我由此断定，自己正置身于一个半是幻象半是实体的世界里。

我的心既沉重又迷茫，因为我不知该如何创造一个实体世界。

从当下的情形看，我必须完成使命；否则，我将受到十分严厉的惩罚，甚至会被处死。这是由我所担任的职务决定的——谁拥有这个职位，谁就将承受如此的命运。

对于木工活儿，我一窍不通，也毫无兴趣，于是就决定尝试着用胶泥来创造实体世界。其实，对此我一点儿把握都没有。那么，就试试吧。我决定用胶泥试制一个笔记本。这么一想，几案上就出现了两个笔记本，绿色皮质封面，两指来厚，看上去质地良好。笔记本与胶泥是一个颜色，这就充分证明，它们是胶泥变化来的；也就是说，用胶泥真的可以创造世界。

哈哈，我成功了！

我要创造一个工作室。我知道，要创造世界，就必须有图纸和小样，这都要在工作室里完成。

动了这个念头之后，工作室就出现了。

所谓工作室，其实是一座平顶的塔。我坐在塔顶的平台上，脑子里出现了一个以塔为中心的广场，广场四周的屋宇像涟漪一般一圈一圈荡漾开去。这些屋宇都是中西合璧的别墅，高低参差，既气派又和谐。一圈一圈屋宇之间是一条一条环形街道，众多灰黑色人影飘忽其间。街道外面，隐约可见树木和山峦的影子。我明白了：这个世界并不需要设计，它原本就存在。当然，还有一种可能：这是胶泥按照我脑子里的图纸创造出来的一个部落。

既然一切都有了，我还能做什么呢？

一个意念对我说："因为胶泥具有半虚拟的性质，所以这个部落是不确定的，极有可能也是虚拟的。你的任务是把它变成一个确定的、实体的、真实的世界。”

怎样才能做到这一点呢?

我想，办法无非是两种：火烧法和冷冻法。火烧法可使部落的每件东西，包括四周的风景，都变成陶器、瓷器；冷冻法则可将整个部落变成巨大的冰雕艺术群。可是，任何一种办法都是危险的：那些活动的身影以及郁郁葱葱的树木可怎么办?他们（它们）是会死去的啊!

天啊，这竟然是一个不可能完成的任务!

我既沮丧又愤怒，就在高台之上奔跑起来。

麦秆里的世界

我在旷野上走着。

大约是黄昏吧，天，暗下来了。

走走走，不停地走。去往何处？不知道。但我知道，我要去的那个地方在前方。莫非，“前方”是一个地名？

眼前是一条沟，当我一脚踏上沟沿的时候，天，猛地黑了。脚下的路，像受惊的蚂蚱那样，猛地一跳，跑了，把我一个人撂在这暗夜里。正惊异间，地上出现了一张以我为核心的蜘蛛网。蜘蛛网闪闪发光。一个意念对我说：“每一根蛛丝，都是一条路。”

我抬起一只脚，却不知道该落在哪条路上。我急得哭了起来。

可能是我的哭声惊动了什么人，从右前方的黑暗中传来一声缥缈的呼喊声，是在喊我的乳名。听上去，是一个女孩儿的声音。由于不知道这是人的呼唤还是鬼的呼唤，我犹豫着，没有回应。这时，从呼喊声传来的那个方向，一道光贴着地皮蜿蜒而来，就像是一条火蛇在朝我快速游来。

正要躲闪，突然，脚下一亮，我站在一条大约有四尺宽的土路上。

路回来了，路回来了！我心中一阵狂喜。

面前出现了一个女孩儿。她十二三岁，细看，是我读小学时的同桌桃红。她穿着红底白花的棉袄，手里攥着自己的小辫儿，扭着身子，甜甜地笑着。她的身后，站着一排黑色的影子，这些影子像树木一样高大，却看不清它们的模样。桃红用意念对我说："咱们骑自行车一起走吧。"已经有二三十年没有骑自行车了，我担心骑自行车会摔倒，于是打算去开车。我记得，我的轿车就在附近某个地方。

突然，桃红不见了，眼前白茫茫的，脚下的路变成了一座桥，高悬于虚空之上。桃红呢？桃红呢？她，莫非是骑着车子从这桥上掉下去了？！

眼前站着一个老头儿。这老头儿，胖胖的，白色短发根根直竖，就像是脑袋上扎满了银针的人。他看着我，指着脚下靠左的那个地方——那是悬崖边上的一个圆形洞口——用无声的话语对我说："这是一根麦秆，好多东西卡在里头，你下去，用你的身体把它们顺下去。"那语气很客气，但我知道，这是命令。

我朝那麦秆顶端的圆口看去，这是一个直径大约一米五的管子，感觉那管壁很薄很薄，像是用纸或塑料薄膜做的。我好奇地往下看，只见那管子——也就是麦秆——装满了干草、枯萎的花朵，以及云朵似的絮状物。这些东西，或是像尘吊那样晃晃悠悠地挂在管壁上，或是像泛起的泡沫那样虚虚地充斥在管腔里。这管子——麦秆——深不见底。

这么薄的管子，怎能经得起我的身体？我掉下去，岂不是要粉身碎骨？再说了，即使里头有东西，从它们那悬浮的状态看，也是支撑不了我的体重的！但这是命令，我不得不服从。

我犹豫着，用双手支撑起身体，准备进入那麦秆之中。这时候，那老头儿突然唱起小曲来：

我是蚯蚓下的蛋，
晃晃悠悠在人间。
曾在天上种过地，
还在地下养过蚕。

是咒语、暗语，还是谜语？我试探着念诵起来。刚一出口，我的身子一晃，突然就进到麦秆之中了。

完了，我中了魔咒！

呃，没想到，这薄薄的麦秆竟然很结实，能承受得住我的身体。更奇怪的是，这麦秆内侧有一个一个直立的凹槽，凹槽涩涩的，似乎镶嵌着土石块。原来，那是一条一条垂直的土路。为了安全起见，我想把这麦秆扳倒，这样一来，我就可以沿着这凹槽往前走；可是，我无法让这垂直的麦秆横过来，只好用两只脚蹭着麦秆中的凹槽，一点点慢慢地下去。

本来，我觉得这样做会非常痛苦，甚至有生命危险；没想到，当我深入麦秆，就要挨到那些枯草和干花的时候，眼前一亮，枯草和干花突然活了，变得郁郁葱葱，花香四溢。

它们，复活了！

我的眼前是一条平坦的、在云雾中渐次展开的土路，路两侧长满绿草开遍野花，花草上挂满闪闪烁烁的露珠。原来，这些花草——甚至是整个田野——在这里等我。从它们的表情看，它们在这里等了很久很久、困了很久很久，我的到来使它们得以解放和复活。不但是花草们复活了，连被冻结的云朵和无名絮状物也都复活了——我的头顶，无数的云朵在飞；我的身边，一条条小溪在哗哗流淌。

一根麦秆里，怎么可能容纳这么多东西？这里头一定藏着天大的玄机！

仿佛是在解答我心中的疑问，一个意念对我说："麦秆是田野的血管。"这意念是那个老头儿传达给我的。

既然麦秆是田野的血管，那么，我是什么？

哎呀，想起来了：我是一个红细胞，我的任务是疏通麦秆，用麦秆里的能量唤醒并浇灌大地。

啊哈，一切都豁然开朗了：我是带着使命来的！想到这里，我就在麦秆里翻起了跟头。

写作之城

有一台电脑，它太大了，大到无形，我看到的只是它键盘上的一些按键。按键是黑色的，每一个都比乒乓球案子还大。按键在一上一下地动，是它们自己在动。

一张印着黑色汉字的打印纸从某个地方——好像是从电脑后部——徐徐推出。打印纸像大地一样宽广，并且在不断延展。

打印纸上的文字一见光立马像蛾子一样纷飞，瞬间变成它们所指代、所隐喻的东西。打印纸所到之处，涌现出形形色色的人物和各色各样的景致；当然，还会涌出一团团烟雾，那是一些隐晦、抽象、不具有形体的诸如情绪或韵味之类的东西。

一个意念说："这是写作之城——写作创造万物。"意思是，这里的一切，包括世间万物，都是这台电脑以写作的方式创造出来的。

我想走进打印纸之中，也就是试图进入写作之城所创造出来的那个世界。动了这个念头之后，我就忽地一下，置身于打印纸之中了。纸上的文字全然消失，眼前的人物和场景一会儿清晰一会儿模糊，前后并不连贯，譬如，前一个场景是一条小路，接着出现的就是一个房间，毫无头绪，纷乱不堪。

啊，我明白了：我这是一不小心从某个字缝里掉了下去，从上一行滑落到下一行。那种感觉，就像是在读书的时候，目光一晃，读错了行。

停下来，稳稳神。

眼前是一个村庄。一条小路像左盘右旋的绳子，串联起村上一座座高低参差、错落有致的石头房子。

此地怎么如此熟悉！

想起来了：这是一个正在改建和装修的村庄。工程进行了几十年，仍未有完工的迹象；不过，这里已经发生了巨大变化：还是从前的房舍，还是从前的小路，但它们都已被深度改造，变得高度艺术化了。原本是砖木结构的平房，如今变成了两层或三层的青砖楼房，有的房子更高，它们以某种和谐而美妙的方式排列，就像是童话世界中的城堡。一栋栋房子，连砖缝都是经过特殊处理的，圆润，清晰，流露出显而易见的设计感和时尚感。村路也是修整一新的，平沙细铺，落满各色花瓣，蜿蜒流畅，五彩斑斓，就像是写在大地上的一笔狂草书法，又像是画在大地上的一幅风景画。

我走进村里一户人家。

感觉这是我表哥家，唔，又不太像。隔着大门，我看见院子里有一男一女，他们似乎没有看见我；当然，也可能是看见了，却没有跟我打招呼的意思。他们面容模糊，低头做着手头的事情。我猜想，他们是在剥豆子；细看，却是在薅草。特别是那个女人，她蹲在地上，双手不停地做着薅草的动作。有意思的是，明明是在薅草，可青草却从她的指缝间汩汩地往外流淌，她薅过的地方青草越来越旺。

这个场景，我好像在哪里见过。这难道是电脑——写作之城——写出来的一篇回忆性散文？也就是说，此刻我正置身于这篇散文所描写的某个劳动场景之中。但问题是，如果这是一篇回忆性散文中的场景和细节，它又为何如此荒诞？哦，一定是电脑出了故障，误把插秧写成了薅草。

唉，也难怪，连人的记忆都会出错，何况是电脑。

就在我分析着眼前这个情景的时候，突然，从屋檐下跑出来一群小孩儿。一开始，只有两三个，后来是七八个，不大一会儿，就黑压压一片。他们的个子一般高——三尺来高——长得一模一样，都生着水滴状脑袋，眼睛占据了整个前额。他们呆呆地围着我看，却一言不发。

一看便知，这是一群怪异的孩子。

他们都是谁家的孩子？如果是我表哥家的，从前怎么没见过呢？

一个意念说："他们是自我繁殖出来的。"那个意念接着说："这种孩子会无穷无尽地繁殖下去。他们平时都躲在自己的房间里，你所看到的，只是其中很小很小的一部分。"

怎么会凭空出现这么多怪异的孩子呢？

一定是电脑——写作之城——出了问题；准确地说，是写作软件出了问题，以至于出现了乱码，这些怪异的孩子正是乱码变化而来的。

一个地方竟然出现这么多怪异的孩子，当地人的日子可咋过啊！

一个意念传导过来，是在安慰我："这些孩子每人都有许多套房子，他们的生活没问题。"仿佛在为这个意念插图配画，这时候，我左手边出现了一座像土楼那样的圆形楼房。这楼房一眼望不到顶，好像是一直通到了天上。这是为这些孩子建的，每个孩子一层，他们可以靠收房租养活自己。

这是电脑——写作之城——做出的补救措施。

一个声音说："他们不仅可以活下去，而且活得很快乐。这种快乐，不是当下人类所能体会的。"这句话的潜台词是：这些孩子并不是乱码变成的，而是电脑——写作之城——所创造出来的一种新人类。

我为自己的无知感到羞愧。不过，不安的情绪依然像烟雾一样笼罩在我的心头，挥之不去。

梦在做梦

有个东西，如同一股气息从我的心窝处钻出来，温温的，软软的，仿佛一只猫，又仿佛一只虫子，爬过我的一根根肋骨，从我左肩膀的被角处拱出去。出去之后，它就像是冬天里的一口哈气那样，飘浮在离我脸部几尺远的高处。我认定它并非哈气，是因为它并未散去，而是变成一个像老鸹窝那么大的云朵，悬浮在我眼前的空间里。

一个意念说："它是梦。"

我竟然能看见梦！

我一边好奇地盯着它看，一边以炫耀的语气对睡在我身边的一个人悄声说："我，看见了梦。"

可能是我的话语惊动了那个梦，它一闪，朝一个墙角躲去。

呃，梦，竟然是一个活物！它如此胆小和害羞！

我继续盯着它看。

那个梦，缩着脖子，蜷着身子，哆哆嗦嗦，扭来扭去，它这是在发功，目的是要让自己的身体凝聚。我理解它的想法：

只有使身体凝聚，变成人形，才好大摇大摆地混迹人间。

经过一番折腾，梦已初具人形，可是最终还是卡在了最后那道工序上。它那已经修炼成人形的身体，丝丝缕缕，漏洞百出，怎么看都还是一团扭结的神经元，无论如何也无法变得像真人一样坚实。不仅如此，它的身体还是显得太轻太轻，一口气就能把它吹起来，其虚拟性质显而易见。看起来，这个梦是由某个概念或某段思绪变化而来的。我由此认定：梦，不可能成为实体，而只能是精神体。

大概是看透了我的心思——梦的洞察力是极强的——察觉出我对它的轻蔑，那个梦抻了抻自己的衣襟，走出藏身的墙角，很深地看了我一眼，带着赌气的神情从我面前大步走过。

不就是一个梦嘛，你神气什么！

梦一定知道我在心里骂它，所以，它那已经跨过门槛的左腿，猛地收了回来。它扭过身来，站在半明半暗的门口，瞪眼看我。我有点儿紧张，不知道它接下来会以什么方式跟我算账：是冲过来跟我厮打呢，还是用手抓我、用脚踹我？我浑身的肌肉紧绷，攥起拳头，做好了战斗准备。

呃，梦接下来的举动，大出我的意料。

它并没有像我预料的那样对我采取不友好甚至是暴力的行动，而是轻轻地来到我床前，像一只大青蛙，摊着手，瞪大双眼，茫然而无辜地望着我，显得黯然神伤。它的这个举动，反而让我不知所措。我坐起身，怔怔地看着它。

不知过了多长时间——也许只是一秒钟——梦径直爬到

我的床上。我以为它会踩到或是压到我的身上，可是，我的身体没有任何感觉。只见它跨过我的身体，朝我床边的墙壁走去。眼看就要碰到墙上了，它一激灵，停下来，悬停在空中。这时候，它满身的触须伸展开来，像春天的藤蔓那样发出芽儿来，以极快的速度开始延展，像烟雾那样膨胀和生长。眨眼间，极速生长和膨胀的触须，相互穿插、交织、叠加，形成了一面薄薄的屏幕；随即，一幅幅动画出现在屏幕上：生长的草芽、伸展的柳丝、满池的荷花、纷飞的落叶、飘飘的雪花……这些画面交替出现，循环往复。原来，这是一部以二十四节气为内容的动画片！这部影片中，夹杂着纷乱的人脸和鬼影。

这是梦在做梦。

我为这个发现而深感自豪，拍着手，大声吆喝起来：“快看啊，梦在做梦！梦在做梦！”

听见我的吆喝声，那个梦立即凝缩成一个黑影，一闪，奔跑起来。它脚下的路没有尽头，它奔向无边无际的黑暗。莫非是我看穿了它的把戏，它只好羞愧地跑开了？哎呀，它，很可能是要自杀！

挽救它！

我像篮板前的篮球队员那样，左护右挡，试图拦住梦的去路。就在我与梦迎头相撞的时候，它猛地蹲下身子，从我两腿之间蹿了过去。此时的梦受到刺激，变得异常任性，简直称得上反动，它不仅朝着危险的地方一路狂奔，而且在每一根触须处横生枝节，让一个一个梦像单细胞生物那样快速分裂、生长并蔓延开来。这时候的梦，有了自我繁殖能力，大大小小的梦，一重一重的梦，一代一代的梦，层层叠叠，相互交织，形成无边的网，弥漫在整个空间里。

这样下去怎么得了！

我在黑暗中摸索着，想打开床头灯。只要打开灯，我就能把梦捉住。可是，我摸不到灯，也不知自己身在何处。

一个声音说："你在梦的梦里。"

哎呀，由于一路追梦，我已经深入梦之梦中；如今，连我也不知道自己正置身于梦的哪一重梦里了！

"梦在做梦……唉嗨，梦在做梦！"不知道是我这么咕哝了一句，还是哪个梦在说话。

"梦在做梦，梦在做梦，梦在做梦……"这句话在梦与梦之间传递，无休无止。到后来，它变成了一句口号，所有的梦都在高呼这句口号，满世界都回荡着这句口号。

哎呀，梦，在以这样的方式创造世界！

火　浴

黄沙茫茫，一望无际。在茫茫黄沙中有一座山，山前有两棵树。这山，只有十几米高。当我来到山前的时候，发现这山其实是一位秃顶老者。他见我在盯着他，就露出羞赧的神色，一边咳嗽一边用意念对我说:“这里的一切都老了——连沙子都是老的。”那语气里，既有无奈又有某种辩解的味道。我立马意识到，黄沙是他身上蜕下的皮屑。

再看那两棵树，一棵是柏树，一棵是松树。说它们是树，是从它们身上的纹路和气味判断出来的。他们曾经是人，是一对兄弟。这兄弟二人活得太久，连他们自己都说不清究竟活了多大年岁。他们不好意思继续当人，就变成了树；不仅变成了树，而且由于过于古老，他们已经失去了树的大部分特征，没有树叶，连枝干也简化到不能再简化的程度，成了两根树桩子。时间为他们镀上了一层金属的颜色，一棵呈青铜色，一棵呈黑铁色，俨然是一对金属工艺品。尽管如此，他们依然试图保留人的身份。在他们的努力和坚持下，总算保留了人的基本形态，他们各自有两条腿、两条胳膊，还有躯干、脖颈儿和头颅。此时，兄弟俩站在山下，就像是两个篆体的“大”字。

我突然明白了：他们（它们）就是传说中的“人树”；当然，为了体现对他们（它们）外在形态的尊重，称他们（它们）“树人”也行。那么，究竟是叫“人树”更好一些呢，还是……就在我反复掂量对他们（它们）的称呼的时候，一个声音说：“他们（它们）不想活了，想自我了断。”

天啊，怎么会是这样！

不等我回过神来，松树桩子已经扑在柏树桩子上，像吃甘蔗那样咯吱咯吱地吃起来。松树桩子露出比海碗还大、像蝗虫的口器那样的嘴巴，一张一合地咬着、吞咽着。随着松树桩子的吞噬，柏树桩子的头部消失了；随即，一股黏稠的、散发着石油香气的黑色液体从松树身上的一个松节处迸溅而出。这液体，流到地上之后，立马被黄沙所吞没。

大概是由于疼痛的原因，那柏树开始扭动，与松树桩子搂抱并扭打在一起。柏树桩子不是真打，而是在挣扎。松树桩子却没有停止的意思，它（他）像一台粉碎机那样，飞快地啃咬着、粉碎着柏树桩子，黏稠的黑色液体也随之滔滔不绝地从松树桩子的松节处往外喷涌。

几乎是在眨眼之间，柏树桩子只剩下一个像草帽那么大的树根。松树桩子停止了啃咬和吞噬，挺了挺腰身，朝着天空望了一眼，晃了一下身子，扑通一声倒在了地上。

天空猛地一暗，随即，又亮了。

天上出现了一双手。这双手，浑圆，饱满，红润，手背上的一个个肉窝儿清晰可见。这双手捧着一个直径大约十米的盘子，盘子上有一支燃烧的蜡烛。细看，并非蜡烛，而是一个状若蜡烛的白色光柱。这光柱，把整个天空都照亮了。在那耀眼的光焰背后，有一件像天空那么大的天蓝色大氅在微微轻扬。

就在我惊讶地凝视天空的时候，一滴一滴黏稠的火从盘子的边缘处往下滴。那火，正好滴在松树桩子和柏树根上，松树桩子和柏树根轰的一声燃烧起来。火光蔓延，遍地黄沙也燃烧起来。大地就像是烈火中的一张硬纸片，燃烧着，翻卷着，随即成为一团巨大的纸灰，在漫天火光里，飞旋着，向天空飘去。

天上的盘子开始变形，变成一个巨大的花萼。与此同时，地上飞旋而上的火与盘子里的火聚拢在一起，在那花萼之上形成一个果壳状穹隆。这穹隆，通透，辉煌，明亮，静谧，无边无际。

一切都是新的。天空，明亮、宁静、单纯，就像是婴儿的眼睛；山川，一碧如洗，奔跑着云朵，流淌着青草，弥漫着沁人心脾的花草香……

宇宙中回荡着一个空灵的声音：“火浴！火浴！”

一个想法在奔跑

一个虚拟之物突然显现，像芭蕾舞演员那样在大地上跳来跳去，它的名字叫“想法”。

从当时的情形看，那个叫作想法的东西，有十分紧迫的事情要办，它脸红脖子粗，就像一个憋着一泡尿的人通常所表现出来的那样。巨大的能量如同被点燃的火药，瞬间把想法憋成了一个圆球，推着它在地上滚动。滚动，是想法奔跑的方式。

不知道跑了多长时间、跑了多远，此时，想法——那个圆球——累了，趴在地上大口大口地喘气。

我站在高处，把这一幕看得分明。也许是怕被我识破真容、破解了秘密，想法——那个圆球——以极快的速度折叠成一栋大楼。大楼悬浮在离地面几尺高的地方，咬牙瞪眼，蹲着马步，极力证明自己是一个实体而非虚拟之物。它通过闪闪发光的玻璃幕墙，用意念告诉我：这是一栋现代化大厦，里头装着高科技装备和海量的数据。

在完成了这一系列动作之后，伪装成大楼的想法开始闭目打坐。

它似乎陷入了冥想。

这是想法在迷惑我。我看出这一点，是因为大楼顶层——那是一个占据了整个楼层的方形会议室——意态朦胧，发出明明灭灭的光亮，这光亮，鬼鬼祟祟，躲躲闪闪，显然是在掩饰什么。我立马明白了：会议室是想法的大脑，里头装着它全部的秘密和计划。此刻，大楼顶层传出低沉的“嗡嗡”声，这是深藏于想法大脑里的计划正在运转。从音量和节奏推断，那个计划已经到了付诸实施的阶段。这时候，大楼众多的房间也发出细碎的、有节奏的“沙沙”声。这表明，想法已经把具体行动方案部署下去了，“沙沙”声正是方案们的脚步声。

大楼四周的空气显现出暗红色。这是预警信号。看起来，想法就要——或者已经——采取行动。

我盯着大楼。

一个外接楼梯从地面上站起来，它弓着身子，像蛇一样贴着大楼外墙往上爬。楼梯发出咯噔咯噔的脚步声。这脚步声也可以理解为楼梯的心跳声——它做贼心虚，显得笨拙而紧张。显然，这个楼梯并不属于大楼，它是一个盯梢者。

一个意念告诉我：想法，其实是一个来历不明的女人。她是偷跑出来的，她的出逃与一个轰动世界的间谍案有关。她最拿手的是伪装术——可以伪装成世界上任何东西。

那么，楼梯——那个盯梢者——又是谁？他（从盯梢者的脚步声中判断出来，这是一个男人）偷听到了什么？他又从那“嗡嗡”声和“沙沙”声中破译到了什么？

我盯着楼梯——那个男人——使劲看，此时的他已经镇定下来，故意抻了抻脖子，还朝我瞥了一眼。我知道，这是侦探们的习惯性动作，他是在迷惑我。我依然盯着他，看他如何把情报传递出去。

大楼猛地一晃。

莫非是大楼——想法——发现了盯梢者？她会对盯梢者采取什么行动？楼梯——那个盯梢者——是选择逃跑，还是招来军警对大楼——想法——进行围攻和抓捕？

我像是走进了一部谍战片，接下来，有更刺激的好戏可看了。

回

无边无际的油菜花，沿着山岗爬向蔚蓝的天空。我在油菜花丛中行走，身上沾满金黄色的花粉。我看见我的一位好朋友在花丛中的一块大石头上坐着，他的身边，错落有致地摆放着许多石头，仿佛是电影院里的座椅。我走上前去，跟他说："我梦见了你。"他笑了笑，说："让我想想你的梦是什么样子。"这是暗语。想起来了，我是来参加一个活动的，而我的这位朋友——他是一个职务很高的官员——正是这个活动的组织者。

一转身，我和一群朋友——他们都是著名作家——来到一个方形水池边上。围绕着水池的是一条口字形水渠，渠里流淌着污水，污水里漂浮着垃圾，渠岸上堆满了垃圾。那些垃圾，有乌黑的沾满油污的棉絮，有浸满污水的酱黄色纸板，有被污水浸泡之后已经分辨不出是什么颜色的手套、衣服、毛巾、帽子等，还有一本被泡得像刺猬似的书本。这是一次笔会，也是征文大赛。参加笔会的人被要求必须从水渠上经过，记住渠里渠外垃圾的颜色和样貌，并判断其价值，写出一篇歌颂垃圾的作品。主题是被规定了的：化腐朽为神奇。

那些作家朋友，似乎并不感到恶心，他们在渠岸上谈笑风生地走着。为了保持身体的平衡，他们一个个像走钢丝那样，伸展双臂，扭动身体，小步快走。我也踩着脚下的垃圾，歪歪扭扭地往前走，一边走一边快速观察和记忆垃圾的形状。我印象最深的是一块吸满污水的纸板，还有一条灰黑色、黏糊糊的棉围巾。

怎么才能写得与众不同呢？

我突发灵感：从某件垃圾现在的样子开始写起，让它一步一步往回变，变回到成为垃圾之前的样子，变成原料，变成最初的物质，譬如，让一条已变成垃圾的棉围巾，一步，一步，变回到一棵绿油油的棉花，甚至是一粒棉花籽。

我边构思边摇摇晃晃地往前走。此时，已经弄不清在这条口字形水渠上走了多少圈儿，但见水渠上的垃圾越来越多，脚下的路也越来越难走，人们不再嘻嘻哈哈地谈笑，而是默不作声、聚精会神地低头走路。从人们趔趔趄趄的步态看，大家的精力都集中在脚步上，在努力避免摔倒或掉进污水之中。我看见，走在我前面的那些人，臀部和脊梁上爬满了垃圾，他们走起路来，仿佛是一堆堆垃圾在蠕动；再看我自己，从腿脚到胸部，也都爬满了垃圾。我大吃一惊：如果继续这样走下去，他们——包括我——都会变成垃圾！

明明是一次笔会，怎么搞成了这个样子！

我的脚步变得迟疑起来。

如果能够像我刚才所构思的那样，沿着与时间相反的方向往回走，我们身上的垃圾——它们是时间带来的——不就会脱离我们的身体，回到水渠上了吗？

我想了想，觉得这是行不通的：这又不是写作，我怎么做得到让时间倒流？

呃，有了！我们是沿着水渠、跟随着渠水一路走过来的，那么，水渠就代表时间，渠水的流向就是时间的流向。如果转过身去，逆着渠水的流向往回走，我们不就可以回到从前了吗？如果继续往回走，也就不会有这个倒霉的笔会和大赛了。

放眼四周，联想到口字形水渠与方形水池之间的关系，我突然明白了：其实，那篇“征文”根本就不用写，我们就走在这篇文章之中；只是我们浑然不觉，不仅走错了方向，而且选错了路径——垃圾爬到我们身上就充分说明了这一点。

我的那位官员朋友实在是高明，他竟然为这次笔会和大赛设计出了如此别出心裁的方案！

我既然参透了其中的玄机，就猛地转身，朝着与渠水相反的方向往回走，一边走一边大声说：“回！”

哈哈，我已经完成了这篇征文的创作。整篇作品，其实也就是这么一个“回”字！

密　码

我拉着一个密码箱从外地回家。

这个密码箱不仅装着我的行装，而且负责为我导航。按照设定的程序，隔一段时间，我就必须念一遍密码，否则，它将停止导航。在一个十字路口，我因为某件事情分散了注意力，没有及时念密码；更要命的是，我突然忘记了密码，于是密码箱失去了导航功能，我也因此迷路了。一恍惚，连密码箱也不知跑到哪里去了。它大概是生我的气，自己跑掉了。

我站在十字路口，远远看见大约是西北方向——当然，也可能是东南，甚至可能是北方，谁知道呢——有一片房子，我决定朝那里去。一转身，我就到了。这是一所学校，而且是一所著名的高校。不知道怎么回事，我径直走进了一间屋子。这屋子，差不多有两百平方米那么大，里面有一个女孩儿，她看上去有二十多岁，皮肤白皙，落落大方。她从椅子上站起身，微笑着，示意我到她身边去。我知道，她是一位教授，而且是博士生导师，这是在她的工作室里。“这么年轻就当上了博士生导师，太不简单了！”我心里感叹着，不由得对她产生了崇敬之情，甚至有些敬畏。她却一点儿架子都没有，一直盯着我看，微笑里含着一种暧昧的意味。

我知道，她对我有好感，甚至已经爱上了我。于是，我就靠上去，我俩肌肤相亲。不过，我的心里依然保持着对她的崇敬甚至是敬畏之情，不敢有进一步的行动。她闭着眼，似乎也很享受这种感觉。

突然，窗玻璃上贴着一张脸，是男人的脸。我知道，此人是这个学校的老师。从他的眼神看，他对于我跟这个女人的关系十分嫉妒，对我充满了敌意，接下来，他要采取某种可怕的攻击行动。

我转身就跑。

当我跑到学校大门口的时候，看见一个男人正蹲在离校门不远的地方大声点名。那人边点名边说："我知道你们这些家长来这里是干什么的，被我点到名字的，必须站出来！"原来，这所学校正在进行艺术生考试，那些家长都是来活动的，也就是在帮助考生舞弊。

我担心那人点到我的名字。可是，没有。不过，那个试图攻击我的男子正在追过来，我继续逃跑。

一闪身，我跑到了一条河谷里。河谷蜿蜒曲折，流水潺潺。跑了没多远，突然，一辆巨大的卡车朝我开过来。这卡车，足有十层楼那么高，长度像火车。我吓得仰面倒地，心想："这下可完了！"呃，巨大的轮胎擦着我的鼻尖碾过去，竟然没有轧到我！原来，这河谷其实是一个巨大的车辙，车的轮胎比河谷——车辙——还宽，被棚架住了，所以也就没轧到我。

我转身就跑。

没想到，我跑着跑着竟然又跑回到那所学校里去了。那位女教师站在学校的甬路上，手里拉着一个黑色密码箱，那正是我的箱子。

我的箱子怎么跑到了她的手里？我正要发问，她却通过意念对我说："刚才是一个梦。那个梦，是密码造成的。如果你能想起密码，就能从梦里走出来。"

我不明白她的意思，于是就弄不清是否在梦里，只好呆呆地站在那里。

一个孩子和无数个妈妈

小男孩儿站在十字路口，他五六岁，拉着一个像海碗那么大的拉杆箱，箱子的形状像蜗牛壳。

看样子，他是走在上学的路上。

小孩儿的面前出现了一个女人。这个女人有三十几岁，身穿职业装，显得十分干练。她蹲在那个男孩儿面前，对他说：“我是你的妈妈，喊妈妈！”那孩子笑了，有点儿害羞，但还是脆生生地叫了一声：“妈妈！”从那孩子的表情看，他很开心。这个女人应该就是他的妈妈，只是他们母子好长时间没有见过面了。

一转眼，那个男孩儿的身后又出现了一个女人。这个女人微胖，穿着连衣裙，鬈发。她弯着腰，对着孩子的背影，大声说：“我是你的妈妈，喊妈妈！”那孩子转过身来，看了看她，笑了笑，叫了一声：“妈妈。”但从那男孩儿的表情看，他知道这是在开玩笑，此人并非他的妈妈。当然，也许是他的干妈。

又一转眼，在那个男孩儿的左侧，一个看不见的地方，传来一个女人的声音："我是你的妈妈，喊妈妈！"男孩儿朝声音传来的方向看去，眼里充满了迷茫，他犹豫了一下，叫了一声："妈，妈。"

接着，在那个男孩儿的右侧，一个看不见的地方，传来一个女人的声音："我是你的妈妈，喊妈妈！"男孩儿朝声音传来的方向看去，眼神更加迷茫，他犹豫了更长时间，试探着，叫了一声："妈……妈？"

突然，四周的野草、树木、土块和石头都叫了起来：

"我是你的妈妈，喊妈妈！"

"我是你的妈妈，喊妈妈！"

…………

那些声音越来越响，而那个男孩儿的应答声也变成了一声声急切的呼唤："妈妈，妈妈，妈妈——！"显然，他已经弄不清谁是他的妈妈了，他在通过呼喊，寻找自己的妈妈。

伴随着一声声喊叫，那个男孩儿在十字路口转起圈来，越转越快，就像是一只小小的陀螺。

问　　路

我来到一个朋友家里，他对我说，他家的房子很多，可以给我几间当工作室，或是用来接待朋友。我心想，在这座城市，我也有自己的房子，要他的房子干什么呢？但看他十分诚恳，不想拂了他的好意，也就答应了。

他家是一座巨大的白楼，看上去就像是一艘豪华游艇。他送给我的那几个房间都很宽敞，我打算在房间里摆上一些床和桌子，用来接待诗人和作家。进到房间一看，一个个房间都摆着床，床上铺着崭新的铺盖，还有崭新的桌椅。看起来，一切都准备好了，只需拎包即可入住。

呃，想起来了：我需要换一把锁。

我拿着一把锁——那是一种老式铁锁——去街上找修锁的人。一转身，我来到一个黑屋子里。屋里有一个二十多岁的年轻人，他面色黑黄，微胖，看上去有点儿油腻，脸上尽是油滑和玩世不恭的表情。我有点儿犹豫，但还是把锁递给了他。他接过去，在手里摆弄着。从他的动作看，他并不专业；甚至，他根本就不会修锁。我正在想着是否要离开，那人用手把我的锁从中间掰开，在锁芯的凹槽里灌上一些锡，然后在锡上按了一下，说：“好了。”

他问我要两百元。

修一把锁顶多十块钱，怎么要这么多？况且，他是否把我的锁修好了还不一定呢。我勃然大怒，指着他的鼻子大声说：“你知道我是谁？！”我之所以这么说，是因为，我认出来，他是我的同事，只是他入行很晚，所以才不认识我。虽说不认识我，但他应该知道我的名字，于是我大声地一字一顿地报出了我的名字。他怔了一下，却依然面无表情，也没有道歉。我更加愤怒，一把搂住他的脖子，把他的头按到他面前的桌子上，指着他的鼻子大声说：“你记住：老子在报社干了三十多年，是你的前辈，你竟敢这样对待我！”

那小伙子看着很壮，却被我轻易地制伏了，他趴在那里一动也不敢动。我想，他毕竟是为我修了锁，为了体现我的身份和教养，我决定还是要付钱给他，于是我一手按着他的头，一手掏出钱包，一角一分地找着零钱，我打算给他十元钱。

不记得他是否收了钱，此后我来到大街上。

由于受到那件事情的刺激，我突然忘记了去朋友家的路。眼前的街道很窄，两边是高高低低的石头房子。我打算找人问路，突然，在街角上遇见一个女人，她是我老家的一个邻居。此时，她以轻蔑而怨恨的目光瞥了我一眼，转身沿着一条陡峭的石阶路往上去。我跟了过去，那是一个卤肉店。她在店门口停下来，伸手从窗口接过一个男孩儿，我想，这应该是她的孙子。男孩儿有一两岁。奇怪的是，这孩子只有脑袋却几乎没有身子，整个身体——也就是头——胖乎乎的，就像是一团肉，却眉眼清晰，表情生动。他朝我眨巴着眼睛，还笑了一下，显得既聪明又憨态可掬。那个女人逗着她的孙子，我赞美着她的孙子，她却没有跟我说话的意思。我向她问路，她只顾跟她儿媳妇说话，不搭理我。我突然意识到，我那个朋友要赠送给我的房子，在产权上跟这个女人有纠纷，她是不情愿的，于是就对我产生了敌意。这是一件出乎意料的事情。

既然如此，那就走吧。

我离开那个女人来到街上。这是一条熟悉的街道，我觉得，朋友的家似乎就在这条街上，于是我沿着街道往前走。一直走到尽头，依然没找到朋友的家。

我来到一个码头上。这是江南水乡常见的那种码头，河道泛着水光，亮汪汪的，隐约看到一条乌篷船的局部。这里有一家小小的门店，里头很幽暗，透过门口的光亮，我看见一个男人斜躺在一张破沙发上，正歪着脖子打手机。他的声音很大，听得出来，他是在跟对方讨论某部电影中的性描写问题。他滔滔不绝，手舞足蹈，发出阵阵响亮的淫笑。我向他打听我那个朋友的家，他瞥了我一眼，一转身，跑到隔壁那个房间。我跟过去，发现那里也有一个男子，是他的弟弟。我发现他们是兄弟俩，是因为他俩不仅长得一模一样，而且两人各有一只假眼，都是黑色的玻璃珠。得知我想问路，那兄弟俩相视而笑，然后一齐用嘲讽的眼神看着我，他们一边继续讨论关于性描写的话题，一边哈哈大笑。

我既生气又无奈。突然，屋外出现了一个高个子男孩儿。他二十多岁，光头，嘴巴上挂着涎水，一看就知道是个傻子。那傻子突然说话了："我知道。我领你去。"

一个傻子，他怎么会知道我那个朋友的家？

我没有接腔，扭头朝身后的街道看去。那个傻子接着说："除了我，没人会告诉你。"

他的声音在空荡荡的街道上回声四起。

路在赶我

我走在平坦的山顶上，四周空旷，渺无人烟。

没有路。我的脚下，是伸向四面八方的石头坡。从石头坡的表情上看，它之所以出现在这里，是因为它也很迷茫，不知该往何处去。

“我的路呢？”我咕哝了一声。

“我的路呢……我的路呢……我的路呢……”我的声音像涟漪，在无边的虚空里回荡。

“你走过的地方才是路。”

是谁在说话？

声音来自我的身后。我突然感到尾巴桩那个地方麻麻的，似乎有一群蚂蚁在爬。扭头一看，哎呀，尾巴，我长出了尾巴！刚才那个声音，就是尾巴发出来的。

好端端的一个人，怎么就长出尾巴来了？

我捧起尾巴，发现它其实是一团粗细不等的线条。这些线条，有的直，有的弯，有的是土灰色，有的是青绿色，有的是天蓝色，发出阵阵土腥味和水腥味，以及无法形容的混合气味。那尾巴，看上去十分清晰，似乎可触可感，事实上，却只是一个影像。一个意念说：这都是你曾经走过的路。

“我走过的路，竟然一直在跟着我？或者说，它们找到了我？”

没人回答。

我晃了晃尾巴，呃，它竟然可以轻松地舞动！

起风了。我的尾巴丝丝缕缕向上飘起，宛若水中的花丛。

我是人，却长着一条尾巴，这多么令人难堪！可是，已经这样了，又有什么办法呢？四下无人，我也就不怕被人笑话了。来吧，我的讨厌的尾巴，闲着也是闲着，咱们玩吧！我弯下腰来，捧着尾巴在山坡上跳起舞来。

伴随着舞步，我的尾巴——那些五颜六色的线条——朝着四面八方伸伸缩缩，轻盈地，飘展开去。飘着，飘着，我尾巴的顶端，开出星星点点的花来，并散发出花草的香气。

突然，飞来一大群蜜蜂。

这些蜜蜂，一个个有拳头那么大，我看得清它们的复眼。这复眼的每一只小眼睛都是一面镜子，映现出花朵和蜂蜜的影像。蜜蜂们扇起的风吹动我的头发，蜜蜂们的翅膀扑打着我的脸。我怕被蜜蜂蜇到，就放下尾巴，抱头鼠窜。

蜂群在追我。其中有一只像无人机那么大的蜜蜂——它是蜂王吧——飞过我的头顶，在前方引导着我。啊，我明白了：这是我的尾巴——我曾经走过的那些路——通过招引蜜蜂的方式来为我指路！

我跟着那只巨蜂奔跑起来。我的尾巴飞扬起来，就像是一面猎猎飘扬的旗帜。

突然间，脚下一动，我打了个趔趄。原来，我脚下的山顶也奔跑起来啦！

蜜蜂嗡嗡，风声呼呼。我的尾巴成了鞭子，高高飘起，又轻轻落下，不停地拍打着——抚摩着——我的屁股。

“路在赶我，路在赶我！”我一边大叫一边骑着山——也就是大地——飞跑，飞跑，我已经停不下来啦！

卖蝉声的人

一个又瘦又高的男人，在田野上走走停停。他的右手高高举起，眼睛朝右后方天空望去，像一个放风筝的人那样，右手一摆一摆的。他的手上，牵着一朵粉红色的云。

云朵吱吱地叫着。这云朵，其实是一只蝉。

眼前这个人，我认识，他是一位诗人。

他很穷，裤子破得露着裆。他已经没有任何东西可卖，只好变卖蝉声。他把我视作有可能购买蝉声的人，所以就当着我的面操作蝉声。他先是把蝉声进行定向，只朝着我响，其他人都听不到；接着，他开始调整蝉声的音量并选择曲调。

卖蝉声的人像纺棉花那样做着一系列动作，手忙脚乱，满头大汗，那蝉声，时大时小，不断地变换曲调。我听不懂，于是就不能确定是否要购买蝉声。

一支一支曲子听下去，不知道过了多长时间，我的耳朵里传来一支熟悉的曲子，我情不自禁地随着这曲子哼唱起来。没想到，刚一张口，我的身体突然离开地面，朝着天上那个云朵飞去。等回过神来，我已经在那云朵之上，与云朵一起吱吱尖叫。

一个声音说："唱吧。云，是大地的回忆。"

这是什么意思？难道我天生就是一只蝉，保存着大地的记忆？或者说，我原本也是一个变卖蝉声的人？

没人回答我。

我吱吱地叫着，试探性地，叫着……

无脑人大会

我乘朋友的车去一个地方参加活动。到了那里之后才发现，活动在两个地方同时举行，一个是主会场，一个是分会场。但哪个是主会场、哪个是分会场全凭自己判断，也可以理解为主次不分，有点儿像是量子纠缠的状态。

我们先去的那个地方是一个小镇，地名好像叫“新乡”。那里有很多人，人们在一个像足球场那么大的空间里走来走去，每个人手里都端着个像茶杯似的东西，像是在喝，又像是在吹气，或是在闻香。开车带我来的那个朋友，显然跟这里的人很熟，他跟每个人碰杯，并热情地打招呼。看起来，这是一个俱乐部，他是这里的常客。

我既羡慕又疑惑地看着我的朋友。这时候，他朝我走过来，说：“我要在这里住一些日子，等活动结束的时候，你自己想办法回家吧。”事先没弄清楚活动的组织方是谁，也没有具体联系人，所以，听朋友这么一说，我突然紧张起来。

一紧张，我出现在了另一个活动现场。

这是一个村子，活动在礼堂里进行。说是活动，其实就是聚餐。礼堂里摆满了一个一个大圆桌，桌边几乎没人，人们都挤在房檐下，看上去就像是一大群蝙蝠。人们彼此很熟，在嘴对嘴地说着话。

莫非这是聚餐前的一种仪式？

这里的人我一个也不认识。他们的脑袋既小又尖，只有普通玻璃水杯那么大。就在我四处张望的时候，屋檐下的人们像一团烟雾忽地一下进入礼堂，围坐在了桌旁。我想在桌旁坐下来，一个生产队队长模样的中年男人冷冷地看了我一眼，他的意思是：这里没你的座位。我疑惑地四下探看，发现每张桌子四周都坐满了人，真的没有空余位置了。

我走出礼堂，在村子里转悠，一边走一边琢磨如何回到第一个会场去。我觉得，既然是活动，就一定有会务组，一定有接待人员，找到他们，就能解决我回家的问题。

我来到村中的一个岔路口。本来，我觉得自己走在一条正确的道路上，在这个岔路口，我突然迷茫起来。我知道，如果走错了路，不仅到不了我要去的地方，甚至连村子都出不去。

我停下脚步。

右侧有一个浅浅的池塘，它是干的。池塘里有一个男人，他看上去有五六十岁。我朝他走去，想向他问路。他看了我一眼，端着一个搪瓷缸子继续喝水。原来，这池塘边上有一股细细的清泉，他是在接水喝。他像是敬酒那样朝我举了举搪瓷缸子，我说：“我不喝水，我想回家。”

他说:“我知道你为啥迷路——你的脑子里有一个洞。”

听他这么一说，我觉得我的脑袋猛地一轻，变成了一个空核桃。随即，一种瞌睡的感觉强烈地袭来，脑子开始迷糊起来。我分明看到——其实是感觉到——我的脑子里有一个像成年人的拳头那么大的洞，这大概就是我迷路的原因。这时候，我突然想起此次活动的名称：无脑人大会。原来，这是一次医疗活动，参加活动的人都是患者。

我知道，凭借自己的智力，我是无论如何也回不到家了。

我决定借助外力，也就是求助家人。我伸手在衣服兜里摸手机，哎呀，我没有手机!

想向人借一个手机给家人打电话，可是我没有记住老婆和儿子的电话。当然，也许是把他们的手机号码忘记了。

这都是我脑子里的那个空洞造成的!

呃，有办法了:可以租一辆车把我送回去。

想到这里，我又去摸手机。依然是没有找到手机。我的钱都在手机里，没有手机就等于没有一分钱。没有钱，怎么打车呢?我焦急而懊恼地在那个岔路口走来走去……

在 楼 上

眼前是一栋楼，不高，只有四五层。这是老式洋楼，依稀记得是我们单位办公的地方。

当我来到大约是——应该是——楼房大门的地方，突然发现，这栋楼没有门。没有门，怎么上楼呢？看见一根绳子从楼上垂下来，哦，我明白了：这就是楼梯。这说明，在我离开的这段时间里，单位发生了很大变化，连上楼的方式都变了。

我背着一个圆形包袱。背着包袱上楼，我的力气不够；可是，如果不背包袱，别人把我的包袱拿走了可怎么办？我犹豫了一下，决定背着包袱上楼。

我拽着绳子往上去，包袱在背后拽着我，我悬在半空中。一个女人在楼上看着我，她神情平静，甚至有点儿幸灾乐祸。后来，我还是上到了楼上。在一个空荡荡的房间里，有几个农民工模样的中年男子正在议论某件事情。从他们的神情和一言半语中判断，他们的话题与我上楼这件事有关。

眼前是一间又一间毛坯房，没有装修，却已经有点儿老旧了，地上满是尘土，空间里到处都是蜘蛛网。这个空间让我感到陌生，在这里我无事可做，于是决定下楼。

我朝楼下看了一眼，连那根绳子也不见了，这可怎么下楼？我看了看周围，发现有一个中年妇女正在下楼，她的胳膊和腿就像是四条皮筋可以任意伸缩，身体也可以自由延展。只见她双手抓住上一层楼的地板，身子朝楼下一翻，胳臂瞬间被拉长，双腿甩来甩去，然后用双脚粘住下一层楼的走廊，就这样，三两下就下去了。我惊奇地看着她，想学习她下楼的方式，可我知道自己没有她那样的胳臂和腿脚，照此去做，肯定是会摔伤甚至摔死的。

怎么办？

我决定抱着柱子，一点点往下蹭。快到地面的时候，突然想起来：我的包袱还在楼上。于是，我决定继续上楼。

我想找到当初上楼的那根绳子，找来找去，还是没找到。

就在我茫然不知所措的时候，从右侧——也就是南方——走过来一个年轻女孩儿，我隐约记得在哪里见过她，知道她是一位诗人，就大声地背诵了一段文字，并自言自语地说："这是一篇品位极高的作品。"我是在讨好她，目的是问路。她当然不了解我的用意，就很高兴地看了我一眼。我突然认出来了：她竟然是我的同事。我向她打听这楼房的大门，她笑了笑，指了指右侧。我朝那里走去。

呃，果然是大门！这门，像是一座牌坊，雕梁画栋，十分排场。人们从大门进进出出，一个个昂首挺胸，气宇非凡。

不知道是怎么上到楼上来的，此时，我坐在一个露台上，身边是一位大作家和另外几个人。我得到这样一个信息：这位大作家为刚才我见到的那个女孩儿争取到了五十万元——也可能是一百万元——赞助金。眼前这几个人正在议论此事，其中一个人说："这些钱会毁了诗人，因为金钱会限制人的想象力。一个诗人，没有了想象力，还是诗人吗？"大作家翻了那人一眼，没说什么。现场的人都默不作声，大概是陷入了沉思。

我突然明白刚才那个女孩儿——我的同事——为何如此兴高采烈，原来，她是走在取钱的路上。

有一个男子——也是一位诗人——对那位大作家说："我去过她家，她家在大海边上，风景美极了。"另一个人说，他也去过，那里太阳很亮也很热，能把石头晒成沙子，那些沙子都是金子，所以，她——那位年轻的女诗人——并不缺钱。说到这里，刚才说"金钱会限制人的想象力"的那个人，搔了搔头皮，不好意思地说："我没去过那里，我也想去看看。"大作家又翻了他一眼，没吱声。

突然想起自己的包袱，我就急忙离开这些人，一个房间一个房间地找。当我背着包袱正要下楼的时候，却怎么也找不到楼梯，连那个大门也不见了。我大声地吆喝起来，却无人应答……

录 音 石

身边有好几个人，都是我的熟人，一个个看上去生龙活虎，可是他们的身体却不是真实的肉身，而只是一些活动着的影子。这是空间造成的——任何东西到了这里都会发生错位，并变得虚幻。

一个男人推着一辆火锅店里送菜的那种平台车朝我走来，车上放着一块石头。这石头，形状很像人头，却比真实的人头大了两三倍。它叫“录音石”。它的出现，是为了记录我的思想。

眼前的空间，光线幽暗，像一个巨大的溶洞，飘着丝丝缕缕的飞絮。我知道，这些絮状物其实是神经元。这充分证明，录音石威力巨大，它可以使空间扭曲为一个头颅。或者，这里原本就是录音石的影子投射出来的虚拟空间。

啊，我终于明白空间的错位感是怎么产生的了！

我盯着录音石看。

一束光线打在录音石上，录音石是肉黄色的，具有肉的质感，颤颤的，酷似太岁。

录音石沉默着，而我却焦急起来：不是要记录我的思想吗？它怎么不发问？

显然，录音石是在等我说话，等我主动说出自己的思想。

我不知从何说起，也不知道哪些话可以代表我的思想。

录音石依旧沉默。

从录音石古旧的颜色看，它曾经记录过我的思想；不过，那一定是很久很久以前的事情了。我用意念对它说："给我放一段我的思想。"我的意思是：给我一点儿启发，以便我说出当下的思想。

录音石突然响了起来，可是，它结结巴巴，不成句子。特别令我难堪的是，那语音竟然是一种古怪的方言，拖着虫鸣似的尖细的尾音。录音石是在捉弄我。当然，也可能是因为时间过去得太久了，录音石里的东西发生了霉变，这才出现如此古怪的音效。

熟人们围拢上来——其中有我最喜欢的女朋友——他们抻着脖子，看一眼录音石，看一眼我，挤眉弄眼，露出嘲弄的眼神。

我大窘，一种巨大的屈辱感使我不顾一切地放开喉咙，对着录音石滔滔不绝。

我的声音很高，却并不是在表达自己的思想——我已经没有思想——而是在背诵一篇很重要、很伟大的文章。

伴随着我的背诵，录音石不断膨胀。文章太长，似乎没有尽头，所以，录音石就像是一只被不断触动的癞蛤蟆，膨胀，膨胀，不断地膨胀，眼看就要爆炸了……

也许……可能……

在宾馆的走廊上，诗人甲和诗人乙相遇了。二人分属不同流派，互不买账，每次见面连个招呼都不打（指着对方鼻子谩骂，算不上是打招呼）。这天，他们应邀参加同一个笔会，本可相安无事；不幸的是，此刻他们正好从这条走廊的两端相向而行，在走廊正中间迎头相撞，想躲也躲不开了。

就跟往常不得不碰面时那样，他们二人仿若两只愤怒的公鸡，各自高昂头颅，鼻孔朝天，快速地擦肩而过，连眼珠子都不朝对方动一下。可是，这一次，就在他们擦肩而过的时候，诗人甲突然说了一句："也许。"诗人乙说了一句："可能。"这不是在打招呼，而是两人恰好各自想到了一个词，那两个词分别从他们的嘴巴里蹦了出来，这两个词语之间没有任何关联，更不构成呼应关系。

对于诗人来说，喃喃自语原本是很正常的，若是放在往常，那突然蹦出的词语会像哈气那样蒸发掉，什么事情也不会发生；可这一次，却发生了意想不到的变故。可能是因为二人擦肩而过的时候产生了静电，诗人吐出的那两个词语突然被激发，各自获得了生命，它们飞起来，在空中尖叫着，生长、繁衍并且彼此纠缠。

最先活过来的是“也许”。

这个词，在被诗人甲吐出并被激活之后的一瞬间，在空中叫唤起来：“许，许，许多的多。”紧接着，就像点燃的鞭炮那样，这个词以极快的速度往下接龙。它不是正常的接龙，而是像一只咬着自己的尾巴疯狂转圈儿的老鼠，在最后的那个词上突然拐弯。这正是诗人甲惯用的修辞方式。这充分说明，诗人甲是一位先锋诗人。只听得那个词接着往下说：“多，多，多少的少——少，少，少数的数——数，数，数字的字——字，字，字节的节——节，节，节节败退的退——退，退，退化的化——化，化，化文的文——文，文，文明的明——明，明，明代的代——代，代，代替的替——替，替，替身的身——身，身，身体的体——体，体，体悟的悟——悟，悟，悟性的性——性，性，性交的交——交，交，交往的往——往，往，往事如烟的烟——烟，烟，烟雾的雾——雾，雾，雾气的气——气，气，气愤的愤——愤，愤，愤怒的怒——怒，怒，怒气冲天的天——天，天，天空的空——空，空，四大皆空……”

几乎就是在同一个瞬间，当“可能”这个词从诗人乙的口中飞旋而出时，它在空中叫唤起来：“可，可，可能的可——能，能，能人的能——”这个词也是像点燃的鞭炮那样，以极快的速度往下接龙；所不同的是，这个词语所遵循的是传统的接龙方法。这是诗人乙的用语习惯。由此可见，诗人乙是一位传统诗人。只听这个词语在接着往下说：“人，人，人民的人——民，民，民间的民——间，间，时间的间——时，时，时代的时——代，代，代代相传的代——传，传，传递的传——递，递，递交的递——交，交，交往的交——往，往，往事如烟的往——烟，烟，烟雾的烟——雾，雾，雾气的雾——气，气，气愤的气——愤，愤，愤怒的愤——怒，怒，怒气冲天的怒——天，天，天空的天——空，空，四大皆空……”

至此，“也许”和“可能”在空中死死地咬在了一起，谁都不肯松口。

这时候，诗人甲和诗人乙各自走到了走廊的尽头，他们转过身来，望着依然在空中缠斗着的词语，都觉得应该上去帮助自己的词语，于是他们飞身而起，在空中像猜枚划拳那样伸手比画起来。他们一个口中叫着“也，也，也许的许……”，另一个口中叫着“可，可，可能的可……”。

新一轮比拼开始了。

到天上打水

我挑着两只水桶去打水。身边乱哄哄的都是人，我走起路来跌跌撞撞。这里像是一个集市，却又分明是在一座大房子里，有桌子，还有一个一个柱子，所以，我断定此处是一个茶馆。

在茶馆里肯定能找到水。可是，在这里，不但找不到水井，而且也找不到水。

这个世界，已经没有一滴水。

到哪里去打水呢？

迎面走来一个中年大汉，他又黑又壮，扎着绑腿，行走如风。大汉身后跟着一个年轻人，他二十多岁，光头。他们的神情疯癫而诡异，与这个世界格格不入。我断定，此二人来自另外一个世界。

我对那个汉子说：“我想打水。”

他指了指天空，说：“水在天上。”

“那么，咋样才能……到天上去呢？”我问。

他朝左侧指了指，说：“那里。”

朝他所指的方向看去，只见有一堵很高很高的墙，一眼望不到顶。奇怪的是，那墙上，通体覆盖着棉布帘子，帘子上有一个一个布兜，每个布兜的口上都系着一根像布扣那样的绳子。

看起来，我只能踩着布兜往天上去了。

我也知道，这有点儿不可思议，甚至很危险；但为了打水，我只能如此。

我挑着担子，一只脚踩在一个布兜上，脊梁贴着墙壁——也就是那个巨大的布帘——猛地一翻身，用胸部紧贴布帘，另一只脚猛地飞起，踩在布帘高处的某个布兜上。就这样，我一步一步上到了天上。

所谓“天上”，其实是一个山顶。山太高了，四周所有的山峰都在脚下。一座座山峰五颜六色，如同盆景。那阵势，简直就像是一群头戴彩色头巾的人，正围着一个高大的柱子向上仰望。

天上——山上——空旷无际，没有一个人，却矗立着一栋栋现代化大楼。这些楼并不高，大约都在十二层以下，金属墙面，落地大玻璃窗，通体辉映着金属的光芒，显得十分豪华。

水，就应该在这些大楼里吧。

我挑着担子在楼外的空地上走着，希望能找到人。只有找到人，才能找到水。

有这么多房子，如果能在这里住下来读书写作该多好啊！

我感觉到，这里似乎是天上的寺院，是神圣之地，一般人是无权在此驻留的。我怀着敬畏之心，在一座座楼宇之间的空地上，小心翼翼地走来走去。

迎面走来一群人。打头的正是此前见过的那个年轻人，他的身后有一群人，他们一个个身穿黑色西装，手里拿着钢筋棍，排着整齐的队伍，正抻着脖子看我。那个年轻人没有说话，只是冲我古怪地笑着。我知道，他的意思是："你打到水了吗？"

一时间，我不知所措。我庆幸自己没有打到水，因为，从当下的情形看，如果打到水，很可能会招来巨大的麻烦。

我站在那里一动不动，扁担和水桶不知道什么时候已经丢失。

赶　考

临出门的时候，我的额头上沾着一滴鲜红的血。这是吉祥之兆，预示着我一定能考上，而且是第一名。

开车往一个地方去。等我把车开到一个广场上的时候，此处已经停了许多车。啊，竟然还有一个车位，好像是专门为我预留的！

时间尚早，我朝一栋大楼走去。楼上人来人往，我知道，他们都是来赶考的。我跟着一群人朝二楼走去，突然发现，跟我在一起的，没有一个是我的同班同学。心里顿时发毛：我应该跟我的同班同学在一起才对啊，怎么……难道是我填错了表？哦，想起来了：在填写报名表的时候，当填到“班级”那一栏的时候，我突然忘记自己是哪个班的，身边又没人可问，就随手填了3（1）班。我想，我应该是3（1）班，因为我是最优秀的。实际上，我可能是3（2）班，也可能是3（3）班、3（4）班，或是3（5）班。

这可怎么办？

我不由得加快了步伐。我要去问问主考官，我的考场究竟在哪里。

跟我相熟的一位校友，从楼下一步跨到了楼上，他转身对我说，他去跟考官说说我的情况，也许可以帮我找到考场。我的心里充满了感激，也充满了希望。

当我上到那个楼层的时候，看见那位校友正在跟一个中年男子说话，从二人的表情看，他们很熟。那个男子应该就是考官吧，此时，他正在大声斥责我的那个校友："不用查，没有！"原来，我的那位校友的身份也出了问题。那个中年男子说罢，转身对我说："我知道你是考生，可这个考场上没你的名字。你应该是在柳林考场，当然，也可能是魔山考场。"

我心里一紧张，就要哭出来了。

从这里往柳林开车要走差不多一个小时，更不用说那个什么魔山了——我根本就不知道"魔山"是个什么鬼地方。从这里去另外的考场需要那么长时间，一切不都晚了吗？更可怕的是，我即使赶到了那里，也不能确定那儿就是我的考场啊！

我不甘心。我跑出大楼，跟着另外一拨人朝另外一个地方去，我一定要找到自己的考场。在一个街角处，迎面碰见一个女子。她看上去有二十多岁，白圆盘脸，不算漂亮，我不认识她，她却朝我瞪着眼，跟她身边的人说："他是张鲜明。"我坦然地说："我啊，我是张鲜明。"我的意思是：怎么啦？我有什么问题吗？她恶狠狠地瞪着我，转身就走，一边走一边大声说："我会找到你的罪证！"她在坚硬的水泥地上踏出了一个个深深的脚印。

我心里很坦然，可是，我身边的人却替我担心，他们紧张地看着我。这时候，突然想起来：当初填表的时候，我所填写的班级信息是正确的，只是我把信息填在了表的背面，所以考官才看不到。如果能找到那张表，就能查出我是哪个班级的，也就能找到我的考场了。

但问题是：那张表如今流落何处？到哪里才能找到它？

拆 楼 记

那山岭，像一条土灰色的巨蟒在地上蠕动。动着，动着，它突然停下来，抬起头，竖起身，变成了一栋像通天塔那样的大楼。我知道，这是山岭——大地——举办的系列活动的一部分，是大戏中的一场。

楼前聚集着一群人，他们一边惊讶地望着大楼一边议论纷纷。从他们纷乱的话语中，我听明白了：这栋楼是由一棵完整的大树雕刻而成的；那棵大树是梦变来的，所以楼的名字就叫“雕梦楼”。

按照剧情设计，接下来应该进入拆楼的情节。

雕梦楼上爬满了人，人们在一个个门洞和一扇扇窗户里进进出出，如同一大群往来奔忙的蚂蚁。这些人看上去像蚂蚁，不是他们太小，而是雕梦楼过于高大。我混在人群中，刚登上大楼的第一个台阶，突然就看见了雕梦楼里的景象。这栋楼是纯木结构，金丝楠木的柱子一根根矗立着，构成了大楼的四壁，从下往上看，一眼望不到顶。原来，这楼其实只有一层；也就是说，它是空心的。这充分说明，雕梦楼是大地上的一株空心植物。

多好的一栋楼啊，可是，它竟然要被拆除！

我举起手机，想给雕梦楼拍照留念，可是手机屏幕一片模糊，无法聚焦。我反复了好几次，还是不行。哎呀，这是我的手机过于悲伤的缘故。

我在雕梦楼外围的回廊上走着，楼里头的一个个金黄色木头构件历历在目。我注意到，那些木头上的纹路，其实都是绘画作品。画面上的人物和场景虚虚实实，变幻不息，就像是在播放投影。

啊，这雕梦楼，果然是由梦变化而来的！

那么，如果这楼被拆了，梦会不会也被拆了；如果梦被拆了，它又会是什么样子？

迎面走来一个小个子男孩儿，他又黑又瘦，走起路来歪歪斜斜、跌跌撞撞。为了给我让路，他猛地朝大楼外侧一闪，差点儿掉下楼去。我一把抓住他，这才发现，这是一个虚拟人物。他是从雕梦楼里走出来的，是大楼的一个构件，他正在逃离。

这时候我才注意到，拆楼行动已经开始。这大楼是自行拆除的，这个逃跑者就是明证。这充分说明，一切毁灭都是从自身开始的。

唉，只是太可惜那些金丝楠木了！

我想抓住那个逃跑者——也就是那个木头构件——留作纪念，一看手里，什么都没有。我的眼前是一片虚空，雕梦楼不知道什么时候已经了无踪影。

球上的刑罚

我是一个犯人，被关在监狱里。

这座监狱，没有牢房，也没有围墙，而是一片无边无际的虚空。我当然知道，这里看似虚空，却是逃不出去的——在某个看不见的地方有一条看不见的线，谁触碰到它，谁就会灰飞烟灭。

眼前乱哄哄的，有许多被剃光了脑袋的人——他们都是犯人——在张牙舞爪地表演着，动作很夸张，却看不清楚他们在表演什么。我猜想，大概都是一些相声、杂耍、说唱之类的节目吧。我被勒令表演一个节目。演什么呢？我什么也不会啊！可是，这是不可违抗的命令，我只好硬着头皮朝舞台走去。

当我登上那个看似是舞台的高台时，突然发现，我其实是站在一个直径大约两米的球体上。这球体悬于虚空之中，我必须双脚不停地动弹才能保持身体的平衡，并使球体产生浮力，免于坠落。

天啊！

我的双脚不停地晃动，努力保持身体的平衡，同时在紧张地思考拿个什么节目出来。如果我只是晃动身体却不表演，那是交不了差的。呃，对了，我就试着玩一个魔术吧。

我的右手在空中抓了一把，然后往嘴巴上一捂，做了一个吞咽的动作，然后往外吹气。本来，我只是在装模作样地变戏法，没想到，竟然从口中吐出了一大串气泡。这些气泡有大有小，大的比我所站立的这个球体还大，小的却像是一粒一粒透明的豌豆。大大小小的气泡，像卫星一样围绕着我所站立的这个球体旋转。转着转着，气泡开始炸裂和湮灭。我看见，那个最大的气泡炸裂之后，在我脚下凝成了一个水滴，这水滴所表达的意思是：悔恨。

我恍然大悟：这种表演，其实是一种刑罚。

我已经精疲力竭，可是为了保持身体的平衡并使那个球体不至于坠落，我只能像杂技演员那样不停地晃动双脚。当然，为了使表演继续下去，我必须不停地吐着气泡——这是我的创作手段。唉，如果我吐的气泡足够多而且花样翻新，也许是会减刑的吧！

我吐出的气泡已经将我淹没，可是我依然在吐着，不停地吐着……

愤怒的纸蛇

走进电梯的时候，我正在生气。生谁的气、为何生气，记不得了；反正，我怒不可遏，肺都要气炸了！

这电梯，通向山顶。

电梯在飞升，我悲愤的情绪随之加剧。我的愤怒变成了石头，在我身边——也就是电梯里——不断累积，一块一块石头正在把我掩埋。

我悲愤交加，却不知道该怎么办。这时候，电梯已经接近山顶，它突然剧烈地摇晃起来。

“哎呀，要出事！”还没等我叫出声来，电梯，突然来了个自由落体，向下坠去。

“完了！”我绝望地闭上了眼睛。

呃，竟然没事儿！

等我睁开眼睛的时候，我的眼前出现了一条蛇。它是被坠落的电梯从山里砸出来的，此时它像一条瀑布那样，尾巴挂在山上，头朝着我。这蛇头，是三角形的，像一只巨型风筝。

原来，这是一条纸蛇。

这纸蛇，真的是用纸折叠出来的。一开始，它瘪瘪地耷拉在山坡上，就在我凝视它的时候，它像是被安装了充气机那样，鼓起来，鼓起来，整个身体就像是红酒桶，三角形的脑袋肿胀得如同巨大的气球，它抬起头来看着我，同时仰望天空。原来，这是一条愤怒的纸蛇，它的肚子里装着我的怒气。对了，是我的怒气，造成了它身体的肿胀。

纸蛇盯着我，满脸怨愤的神情，然后用意念问我："咋办？"

我也不知道该咋办。

眼看这条纸蛇即将爆炸，我紧张起来，围着它转来转去。转着转着，我突然想出一个办法：捅破它。捅破之后，它会漏气，也就不会爆炸了。

我伸出右手食指，对准纸蛇的左眼捅了一下，随即闪电般缩回手来。呃，一扇大门被打开了。原来，那纸蛇，其实是一个图书馆，里面全是我的著作。

我觉得好奇，就走了进去。

明明是图书馆嘛，可是进来之后却发现，这是一条由一个一个房间连接而成的街道。房间从中间打通，形成一条像火车那样长长的走廊，每个房间的门楣上都写着一个年份。哦，我知道了：每个房间都是一本书，整个走廊——图书馆——就是一部编年史。

我走进一个房间，想看个明白。但见眼前布满了蜘蛛网，每根蛛丝都有手指那么粗，每根蛛丝上都粘着一个人，那些人在拼命地挣扎、号叫。一团一团像蝙蝠一样黑色的影子，在幽暗的空间里乱飞乱撞，发出“吱吱吱吱”的叫声，它们在彼此撕咬。原来，这些像蝙蝠一样的东西，都是我写出来的文字，它们是在抗争，也是在表达愤怒的情绪。

原来，我的怒气藏在这里！

我大步走过去，对准纸蛇的右眼捅了一下。没想到，纸蛇的右眼竟然是一个气阀，被我一捅，它扑哧扑哧地冒起气来。随着有节奏的冒气声，纸蛇徐徐离开地面，向上飘起。等到飘得高过树梢的时候，纸蛇开始像鸟儿拉屎那样，一朵一朵地往外排泄白色的东西。啊，那白色的东西，竟然是我写的书！难道纸蛇是要以这样的方式，来宣泄积聚在它体内的怒气吗？

看到纸蛇越飞越高，我的心里舒服多了。

诗 歌 课

一首诗，在空气中。

既然是诗，它理所当然地应该以文字的形态呈现；而此刻，它却飘浮在空气中，一行，一行，在微风中轻轻晃动，散乱，迷糊，甚至显得吊儿郎当。

这是傍晚时分，暮色是一道大幕，那些诗行——它们是暗灰色的——就像是一层薄冰，斑斑驳驳，附着在灰色的天幕上。不知道是这首诗喜欢暮色，才特意选择了这块染着暮色的天幕，还是这灰色的天幕喜欢诗歌，而专门在此迎候并揽它入怀。我觉得，它们二者之间一定存在着暧昧关系。

那首诗，看上去不甚分明。为了看得清楚些，我朝那浸着暮色的天幕紧走几步。可能是我的哈气惊扰了它，那首原本挂在天幕上的诗，突然动了一下，落到地面上，瞬间变成一群猴子，在地上打起了篮球。现场没有篮板，所以这群猴子——也就是落在地上的文字们——一个个张牙舞爪，胡乱地做着传球、投篮的动作，没有目的，也不追求实际效果。

这是一场行为艺术。那首诗是在以这样的方式揭示诗歌的本质特征：多义性和无目的性。

原来，这是一堂诗歌课！

就在我惊讶地注视着这个场景的时候，那群猴子突然停在原地不动了。猴子们的头顶上冒着水汽，看上去就像是飘向天空的长发；随即，猴子们的身体以极慢的速度开始蒸发，它们的身影先是变得松散，继而虚化，最后变成淡淡的烟雾，飘散了。

莫非是下课了？

空中出现一张蛛网，蛛网上挂着四颗亮晶晶的水珠。

哎呀，那首诗，它回到了自身！你想啊，凝缩，不正是诗歌的创作机制吗？那么，这四颗水珠就应该是那些猴子——文字——在变成蒸汽之后凝缩而成的。这是符合逻辑的。正是这个逻辑，使我认出了这些水珠的真实身份——诗歌。水珠是四颗，这就表明：这是一首短诗，一共四行。

哈哈，我破译了这首诗的密码！

我一边为自己的发现而欣喜，一边盯着那四颗水珠中的一颗用力地看。没想到，我身体一动，一头栽进了那颗水珠之中。那水珠，瞬间变成一个浑浊的池塘；而我则变成了一只蛭形轮虫，在这水珠的池塘里，游过来，游过去。我明白了：这颗水珠是一句现代诗；它不仅是一句诗，而且是一种创作行为，其规则是：诗歌只提供框架，那些水珠——也就是一个一个诗句——都是空性的，具体内容需要读者去填充。

我正是因为盯着那颗水珠——这构成了一种阅读行为——才进入了诗歌，成了这句诗的一部分。

这是读诗的代价！

既然如此，那就将这场创作行为进行到底吧。我在这颗水珠里欢快地游动，我要看看，能否把另外几颗水珠汇聚到一起，成为一颗大水珠。我这样做是为了告诉人们：诗歌，可以分行，也可以不分行——因为云彩可以分成一朵一朵，也可以连成一片。

明白了吧？这就是这堂诗歌课所要讲的内容。

作　　家

我来到一座陌生的小城。这里很像是南方的某个小镇，青石板路面上青苔斑斑。在一个街角处，我发现人行道上横七竖八地摆放着一辆辆自行车。为了能够走过去，我把其中一辆自行车挪开了。往前走了几步，突然想到：车主回来之后，找不到他的自行车可怎么办？我停下脚步，转身把那辆自行车放回原处。一抬头，看见了我的哥哥。此时的他，是二十多岁时的模样，挺胸，昂首，走起路来咚咚响。他看见我，笑了笑，说："我做了一个梦，我带你进到我的梦里。"

我感到疑惑，正待发问，一转身，来到一座山丘上。哥哥指着脚下那个螺旋状巨坑说："这个坑共分三层，一个坑套着一个坑，一直往里走，你可以观察到层层叠叠的人生，并探讨出人生的意义。"

我并没有进入那个坑中，眼前——其实是脑子里——出现了那三个坑，那是三层不同的时空。我知道，这些套叠的坑，其实是一个隐喻；所谓的"三层"，其实是指人的三个年龄段：青少年、中年和老年。我突然意识到，自从跟着哥哥来到山上，我就已经置身于他的梦中。这不是一般的梦境，而是哥哥一部作品的框架结构。没想到，从来不写作的哥哥竟然是个作家。他发明了一种创作方法，其原理是：仅仅为读者提供作品的结构，然后把读者引入到这个结构所构筑的空间中去，至于作品中应有的人物、故事、场景和细节等，全靠读者在阅读的过程中去寻找和完成。哥哥的基本叙事手段是倒叙，这就是那些套叠的深坑的隐喻之所在。

哥哥通过意念对我说：“这是一部长篇小说。我用写作来创造世界并模拟人生。”

我对哥哥说：“把这个长篇送给我吧。”

哥哥不吱声。

他大概是默许了。

过了几秒钟，哥哥通过意念对我说：“既然你在我的梦里，那么，你就是在读我的小说。”

这个，我当然知道；我还知道，接下来，我要根据哥哥的梦境来完成一部长篇小说。我期待哥哥的梦境能够继续向前演绎，可是，眼前大雾茫茫，一切似乎都停顿了。

强烈的空虚感充斥了整个空间，并弥漫在我的心头，那是一种不可言说的空虚与苍凉。哎呀，果然是倒叙。此刻，我所体验的正是人生最后的结局。

那么，往前走一走，又会是什么样子呢？

就在我这么想着的时候，我已置身于一个全然陌生的空间。这里看上去像是一个巨型影院，眼前是一个环形银幕，一个个场景和一张张人脸在银幕上高速闪回，我仿佛是在看一部意识流电影，完全不明白那些闪回的影像是在表现什么，或试图表现什么。唯一让我印象深刻的是，有一个人——不知其性别和年龄，那只是一个剪影——正在捉一只促织。那只促织有小轿车那么大，那人追着促织，一会儿在田野，一会儿在街道，既慌慌张张，又其乐无穷。

当我兴致勃勃地观察那个捉促织的人的时候，场景突然切换，我看见了一张嘴巴，它有小区的大门那么大，却的确是一张栩栩如生的嘴巴。细看，这嘴巴是虚拟的。我当然知道，这是我哥哥的嘴巴，它是一个隐喻：叙述。哥哥是在以这种方式提醒我：他是一位作家，这一切都来自他的叙述。

透过嘴巴，我看到一片绿色的田野和明亮的天空。我还看到，有一大一小两个孩子，他们各自顶着一片巨大的荷叶在太阳雨里大呼小叫地追逐、嬉闹，咯咯咯的笑声忽远忽近。这情景，既真实又虚幻。我知道，那两个人就是哥哥和我。我想哭！

不是走在哥哥的梦中吗，怎么看到了我自己？

一条河流出现在面前。哥哥站在河面上，河水像一条船载着他向前去。他的身后是一支队伍，望不到头。

哥哥说："上来吧。"

这是河，人怎么能站上去呢？我不相信这是真的，就站在河岸上既好奇又紧张地看着……

为了记忆的忘却

眼前有一群人，他们悄无声息地来回走动，既兴奋又忙乱。这些人大多是我的熟人，他们在搞一场文学活动。突然，人群中浮现出一张熟悉的脸。就在我看到这张脸的一瞬间，它猛然变大且严重变形，就像透过放大镜所看到的人脸。啊，此人是我最要好的朋友，他见到我，满脸羞惭地朝人群中钻去。他是这个活动的组织者，可他，竟然没有邀请我！

我大恼，同时又十分伤心，于是就以悲伤的语调对他说："我有什么好事都首先想着你，可你……"他羞愧地低下头，默不作声，但从他暗暗上翻的目光看，他的心里激荡着抵触情绪。他的老婆见我在指责她的丈夫，突然用指头指着我的鼻子大声说："你，就是空气，顶多是一只苍蝇！"

真是奇耻大辱！

我找来律师——律师就在我身边——要求那个女人当着律师的面把她刚才说过的话重复一遍。律师说："不用了，我全都听到了。我还通过眼睛录下了她侮辱你时的全息影像——

这是证据。取了证，她就输定了！”

虽说知道她必输无疑，可我依然很生气、很委屈。毕竟，她是当着那么多人的面辱骂我的，这让我很没面子。我气得在地上走来走去，一边走一边不停地搓手，好像只要这样搓下去，就能搓掉我心中的耻辱感。

不行，我的脑袋在膨胀，眼看就要爆炸，光搓手还不行，于是我就用双手搓起了脑袋。呃，一不小心——也许是用力过猛——我把脑袋搓掉了！我捧着自己的脑袋——就像捧着一件圆形瓷器——在手中把玩。我看见，我的脑袋上竟然长着两只巨大的复眼，复眼的每一只小眼睛上都映现着人脸。这些人脸承载着我屈辱的记忆，有多少张脸，就有多少个屈辱的记忆！如此众多的屈辱记忆，正是造成我脑袋急剧膨胀的原因。

端详着手中这个长着复眼的脑袋，我明白了：我是一个苍蝇人！哎呀，我中了那个女人的魔咒——是她，用咒语把我变成了苍蝇人！我既羞又愤，真是无地自容。

更令我感到难堪的是，这一切都被虚空中的一面镜子看到了。这镜子，其实是一座钟表，它的时针有扁担那么宽、三米多长。此时，时针正沿顺时针方向悄无声息地走动，时针走过的地方，留下一串黑色的脚印。这是我的脚印。看到这些脚印，我立即明白：这镜子——钟表——其实是一台记录仪，它通过扫描人的脚印来记录他的人生轨迹。专家可以根据某个人脚印的深浅和颜色的黑白，来分析其生存境况并推断他的命运。我的脚印是黑的，说明这是我所留下的屈辱的印记——谁都知道，屈辱是黑色的。

这时候，我更加确信，虚空中的镜子——钟表——是一台记忆机器。哎呀，被它记录下如此奇耻大辱，是多么严重的事情，那简直就是烙在我脸上的红字！

情况万分紧急，我扔下手中的脑袋，一个箭步冲进镜子——钟表——里，抱起时针朝着逆时针方向用力地推。只有把时针推回去，才能抹掉我那黑色的脚印；抹掉黑色脚印，就等于抹去了我那段屈辱的记忆。

当我把时针推回到事件发生之前的那个刻度，镜子——钟表——上的脚印果然消失了。我长长地舒了一口气，正要转身离去，突然发现，在原先留下脚印的地方，出现了一行红色的文字："为了记忆的忘却"。

我明白了：刚才所经历的一切，其实是一场行为艺术，这行文字，正是它的标题。

创　作　谈

穿过街道，我来到街边的一个台地上。一路上，我的头顶蒸腾着丝丝缕缕的蒸汽，等到进入一座大房子的时候，满头蒸汽——那是混乱而多余的记忆——已经飘散，我的头脑变得异常轻松和清醒。这座大房子是某个人的工作室，主人不在，我却在这里意外地遇到一个老熟人。这是一位女诗人，我们曾经生活在同一座城市，后来她调到另外一座超级大都市去了。这些年，她连获大奖，名气也随之越来越大，大到足以影响空气——所到之处，她的衣服是什么颜色，空气就跟着变成什么颜色。此刻，她身穿粉红色连衣裙，四周的空气也就变成粉红色的了。

我们见面的时候，她嫣然一笑，用眼神跟我打了个招呼。我看到的是她眼睛的特写，眼眶很大，眼仁黑白分明，笑意就像是水杯里的波纹，在亮晃晃地荡漾。我能感觉到她笑容背后隐藏着某种神秘的东西，却看不透，也猜不透。

她身后跟着一个男人，是她的经纪人。那人通过意念对我说：“她是回来处理房产的。当然，还有另外一件更重要的事情要办。”

想给她帮点儿忙，可她身边围满了人，我无法靠近，也就不知道该为她做点儿什么。我感到无聊，就在工作室靠窗的一把椅子上坐下来。窗下是一条河谷，河谷从西北方向倾斜着迤逦而来。当我朝河谷望去的时候，发现有一团暗绿色的东西，正沿着河谷自上而下一起一伏地蠕动。我好奇地观看着。只见那东西像一畦一畦青草，排列成长方形阵列，远远看去，仿佛一大团飘浮于地表的绿云。

一个意念告诉我：“这是诗歌。”

那个意念接着说：“它其实是由诗歌菌——一种专门写诗的菌类——凝聚而成的。”

世界上竟然有这种东西！

我正在惊叹，那团东西——诗歌——已经来到一座横跨河谷的大桥底下。那些诗歌，像漂浮在洪流中的一团青草那样，在受到桥墩的阻挡之后，立即分散开来。有的诗行依然是横着的，有的诗行则发生了倾斜，甚至变成竖排的；诗行的前后顺序也发生了变化，曾经在前的如今落在了后头，原本在后的则冲到了前面。

诗歌们在经过桥墩之后，被冲散的诗行随即进行排列组合，形成一个新的阵列。这就充分证明：它是一个活物。

诗行在重新排列组合的时候，不是随机的，也不是盲目的。它们先是头对头地窃窃私语一番，随即就像舞台上的舞蹈演员那样，极有秩序地排列成新的阵容。最不可思议的是，重新排列的诗行，在视觉上竟然与周围环境达成了某种美妙的和谐。这是在宣告：诗歌是催化剂和修补剂，它的价值就在于，使这个世界看上去更加和谐与美丽。

一个声音说："这些诗歌，是她献给故乡城市的礼物！"

我突然明白那个经纪人所说的"另外一件更重要的事情"究竟是什么了。原来，在山谷里漂流的那些诗歌，是我的这位诗人朋友新近出版的诗集中的一部分，她此次回来，就是为了举办新书发布会。从眼前的情形看，新书发布会正在举行。那条河谷，正是发布会的现场；而我所看到的这一切——诗歌的变化与演进——正是我的这位诗友的创作谈。我的心里一阵狂喜：这一次，她可是亮出了自己的秘籍。哈哈，我总算明白她为何会获得那么多大奖、为何那么受欢迎了！

修行与表演

不知道那人从何而来。我看见他的时候，他站在悬崖边一块向外伸出的巨石之上，一袭月白色长衫，光头，背对着我，面朝白茫茫的远方。

由于他是背对着我的，所以我只能看见他的后颈。此时，他的后颈被放大成一个特写，上头一大块新鲜的伤痕十分显眼，皮肉翻卷，血肉模糊，带着明显的擦痕。看着那人的伤痕，我觉着他一定很疼，心里一揪一揪的。那人却浑然不觉，垂着手，全身放松，定定地站着。莫非，此人是一位修行者，皮开肉绽是他的修行方式？

就在我忧心忡忡地盯着那人后颈的时候，那后颈上的伤痕正像一块烧烤中的肉，以极快的速度变干、结痂，结出的痂由红变黑、由软变硬，裂开一道一道口子，并迅速变厚，仿佛一块老树皮——它真的就是一块老树皮。这树皮，似乎蓄谋已久，此刻它终于获得了自由，开始像古树上的菌类那样生长。它的生长，显然是有明确规划的，也就是沿着那人的身体纵向生长：一路沿着脖颈儿的上端往头顶的方向去，一路沿着脖颈儿的下端往腿脚的方向去。眨眼间，那树皮已经布满光头男子的脊背和前胸。

那树皮以肉体为培养基，几乎是在眨眼之间，已有四指厚。它一边继续增厚，一边快速生长。向上去的树皮，很快就超过了那人的头顶，有十几米高，看上去就像是一只竖立的皮划艇，弯弯地指向天空。大概是这疯长的树皮使那人感到不舒服，他伸出一只手，像捋了一下头发那样，把高过头顶的树皮折了下来；树皮的断茬处立马生出青枝绿叶，摇曳着，欢天喜地地继续生长。那向下生长的树皮，生出了一条一条气根。这些气根，流淌到那人脚下的石头上，变成虬龙似的树根，穿过石缝向下渗透，然后又从巨石之下窜出来，继续向上生长。有意思的是，这向上的树根上，依然带着树皮的纹路。

树皮开始晃动。看起来，那人要有大动作了。

果然，就像被大火烘烤的蜡烛那样，那弯折下来的树皮，开始变软、坍缩；几乎是在眨眼之间，这树皮与穿过石头向上去的树根交合在一起，形成一个蚌蛤似的椭圆形物体。这东西已经玉化，成了玉光闪闪的硅化木。这硅化木里，清晰地显露出树皮的纹路。

我盯着这个蚌蛤状物体看。

呃，这个蚌蛤似的东西，竟然包着一团粉白细嫩的肉。细看，是一个人，有鼻子有眼，有黑黑的眉毛；再看，那人的头部，光光的，不长一根毛。

啊，蚌蛤人！

正惊异间，从蚌蛤人的腰部伸展出两只蝉翼似的翅膀。一开始，那翅膀软软的、湿乎乎的，随即就变干了；干了之后，那透明的翅膀上，竟然显现出老树皮的图案，宛若一幅抽象画。

太神奇了！太神奇了！我暗自惊叹。

蚌蛤人扑扇着翅膀，发出噗噗的声响。看起来，他要飞了。

一个声音说:“这是表演。”那个声音接着说:“票价很贵——需要支付一个人五千年的工资。”

怎么是这样！

我既生气又为难：这也太贵了吧！哪个人能活五千年？既然人活不了五千年，那么，“五千年的工资”这个说法又从何而来？再说了，“一个人的工资”这个说法，本身就有问题：要知道，人与人级别不同、地位不同、工作性质不同，工资收入自然就不同，甚至有很大差别。那么，这票价究竟应该怎么计算——是央企董事长的年薪乘以5000，还是某个农民工的年收入乘以5000？

就在我为此而烦恼、而愤怒的时候，我的眼前出现了一只手，那是一只印着树皮纹路的虚拟的手。一个意念对我说：“只要你的手纹与树皮的纹路完全对上，就可以免费观看表演。”

我伸出左手，与那只虚拟的手放在一起，看一眼自己的手，又看一眼那只印有树皮纹路的虚拟的手，看过来，看过去，看过来，看过去，最终，我的手纹还是没有跟树皮的纹路对上。

算了。

蚌蛤人既然已经修行到了这个份儿上，一般人是跟他玩不起的。我决定离开。临走的时候，我弯腰捡起一根树枝，在地上写了一行字："这是演出。"我的意思是：所谓修行，有时候就是表演。

“叮——当——”

我看见，另外一个我睡在自家的床上。

眼前是方形的黑，这黑，占满了我卧室的整个空间。这个空间，或者说是这个空间里的黑，仿佛是刚刚醒来，抑或是即将睡去，木木地站在那里，有点儿呆；继而，露出若有所思的神情；再后来，它好像是发现了什么，变得紧张起来，咬了咬嘴唇，鼓起了腮帮子。

隔着卧室的木门，我看见，门外，在靠近卧室门的那个空间里，出现了一根手指。这是一根食指，感觉有一米多长，枯瘦，多节，它弯曲着，以极慢的速度，颤颤巍巍地，朝着卧室的门，接近，接近。

我突然警觉起来。

而那根手指似乎也觉察到了什么，它犹豫了一下，停在了那里。

我等了很久很久——感觉有一年那么长——也没有等到敲门声，然后就附在床上的那个我身上，睡去了。

“叮——当——！”

我猛地一惊，醒了。

那声音，在空气中飘浮着，丝丝缕缕，凉凉的，从我脸上掠过。这声音（对了，是“这声音”而不再是“那声音”——它已经跟我发生了某种深刻的关系）很脆，像是金属棒敲击瓷器的声音。

这声音，寒光闪闪，像刀子。

门开了。

睡在床上的那个我，此时也醒了。他起身，跳下床，朝门口走去。我知道他的想法：看看谁在敲门；同时也看看，门，是被谁打开的。

门外，没有人。这一点，我可以做证。

那个我，双手支撑门框，伸出头去，四下看看。看来看去，还是没有人；而我，却看见门口的空气中出现了拇指肚那么大的一个洞，洞的四周裂开许多白色的口子，就像是子弹打在了茶色玻璃上。

这声音，竟然如此厉害！

这个地方是不能再待下去了。

快逃！

那个我，也想逃跑。

我跑了几步，鼻子碰在了一个软中有硬、如同充气的橡皮人似的东西上，我的身体被弹了回来，换个方向跑，结果依然如此；而另外那个我，结局比我更惨——他跑得比我更用力，跑得跌跌撞撞，所以就被碰得鼻青脸肿。有好几次，我与那个我迎头相撞，于是就扭打在一起。每一次都是我先住手，因为我知道，我们相撞，不是那个我的过错；哦，当然，也不是我的过错。

我知道，我无论如何也逃不出这眼前的黑了，再这样跑下去终究是徒劳，于是我灵机一动，趴在了地上，一来是为了喘喘气，休息一下，二来是想一想出逃的办法。而另外那个我，却依然在不停地、气喘吁吁地跑着。

“叮——当——！”

“叮——当——！”

“叮，当——！”“叮，当——！”

就在我趴到地上的那一瞬间，黑暗中又响起了这可怕的声音。不知道这声音是从卧室外面传过来的还是从眼前的黑中传过来的，只感到这声音变得狂躁和暴戾，空气中的洞孔也越来越多、越来越大。我亲眼看见，拼命地跑着的那个我，已经被击打得像筛子一样。

看到那个我被打成那个样子，我急忙趴在地上装死。这时候，“叮当叮当”的声音从四面八方袭来，越来越响，越来越急，最后，变得像刮风一样。

突然，眼前一亮，我发现自己坐在地上，眼前是一大堆黑色的玻璃状碎片。这是一个废墟。莫非是“叮当”声，击碎了我卧室里的黑，把我解救了出来？

那个满身洞孔的我，此时像一领草席那样软软地躺在我的怀里，望着我，凄然一笑。“我的好兄弟啊！”我一把抱起他，哭了起来。他用满身的洞孔看着我，说了一句：“叮当！”

这一次，我看清了：“叮当”声，是从那个我身上的洞孔里发出来的。细看，那一声一声“叮当”，正像血液一样从他——也就是那个我——满身的洞孔里，一滴，一滴，往外流淌。

飞行的囚徒

眼前的一切都是模糊的，我隐约觉得，这是一个山村，村子建在一座像柱子一样孤零零的高山上。我不知道自己怎么就来到了这里，也不知道为何而来。我大概是走在流浪的路上。我骑着一辆自行车，天色已晚，想找个地方投宿。村子里的路，是一条烂麻绳似的弯弯曲曲、没有尽头的巷道，巷道两旁是高高低低的房子。巷道很窄，有时候仅可容一人通过。好在巷道里没有人，我骑着自行车在里头弯弯折折地穿行。

我终于找到一个人家。这里地势很低，感觉是一个深坑。院子里有一位老妇人，她看上去有七十多岁，身边依偎着一个五六岁的小女孩儿，可能是她的孙女吧。看不清她们的穿戴打扮，但我能感觉到她们很穷。贫穷是一种味道，就是污垢与灰尘混合而成的酸酸的味道。我闻到了这种味道，而且很浓郁。我想给这奶孙俩一些钱，摸了摸衣兜，一分钱也没有，我大窘。想把我的自行车留给她们，转身一看，自行车不见了。自行车知道我要把它送人，就自己跑掉了。它嫌我穷，早就想离开我，此时总算找到了逃跑的理由和机会。我要去找我的自行车，转念一想，算了。它跟了我这么多年，吃了不少苦，受了不少罪，却没有得到一点儿好处，那么，它想走就让它走吧。

我到这个院子里来，原本是为了问路的，但被刚才的事情一耽搁，也就忘了问路；此时，想问路，那奶孙俩已经不见了。

我困倦已极，又走投无路。是的，我真的走投无路。此时，连我脚下的巷道也不知跑到哪里去了，它大概是与我的自行车一起跑的，说不定就是它把我的自行车拐跑了。

我一急，就想尝试一下，看能不能从这里飞走。

我就像是从水底上浮那样，向上伸出双手，然后踮起脚尖，猛地向上弹跳。本来是无奈之举，呃，没想到，我竟然飞起来了！我飞了一阵子之后，落到了一个院子的院墙外面。在这里，我意外地遇见了我的表弟。我跟他讲述了刚才的经历，我说："我是飞过来的。"他看了我一眼，笑了笑，意思是："你真是个胡思乱想的人！"显然，他不相信我的话。

身旁是一个高大的院子，院墙足有三层楼那么高。我虽然在院墙外面，却能看到院墙里面的情景，那是一个有十个足球场那么大的场院，一座宫殿般的建筑显得富丽堂皇。表弟的神情让我十分生气，我带着赌气的心情，双手一伸，又飞了起来。先是低低地飞，仅可触及院墙的顶部，没想到飞到院子正中间的时候，我的身体突然像强风中的风筝那样，冲天而起。从空中往下看，院子里站了许多人，一个个衣着华丽，气度不凡，他们仰视着我，神情凝重而庄严。我能感觉到，他们一方面感到惊讶一方面又为我担心。

我飞着，轻盈，舒爽，自由，想往哪个方向就往哪个方向，想飞多高就飞多高，不费一点儿力气。

多么快乐！

感觉到是一股来自地面的力量，在顶着我、推着我。

原来，这里是飞翔之地。飞翔的动力，来自大地的磁场。此次飞行的经验表明：地球的磁场是不均匀的，有的地方强，有的地方弱，有的地方很可能没有磁场。一个飞行中的人，到了磁场强的地方，就会飞得又高又快；到了磁场弱的地方，就只能飞得又低又慢；如果不幸飞到了一个没有磁场的地方，对不起，那就只好一头栽下去。

不知道哪里有磁场、哪里没有，我只知道，村子四周都是悬崖，是万丈深渊。我突然明白过来：这是一座监狱，也是一个命运赌场。来到这里的人，不论贫富贵贱，都是囚徒，他们只能有两种命运，也是两种选择：要么甘愿终身囚禁，要么就飞出去。如果选对了飞行方向，就可以逃出生天；如果选错了方向，就只能粉身碎骨。

这就是赌命。

哈哈，你知道这里为啥是飞翔之地了吧！让你飞，就是让你赌。

赌，还是不赌？

我没有想好，于是就像一只蚂蚱，跳一下，从一个院子飞到另一个院子，再跳一下，从一个方向飞向另一个方向，慢慢地摸索着、尝试着……

没有听众的演讲

有一家报纸的副刊部邀请我去给他们讲课，听众主要是副刊编辑，演讲的主题是编辑与写作的关系。出面邀请我的是一位女士，她是副刊部主任，我们很熟，我就爽快地答应了。当然，答应她，还有一个内在原因：对于这个主题，我颇有心得，特别有话说。

按照约定，我提前赶到了。那是一家酒店三楼的会议室，没有电梯，我在一位女士的陪同下，沿着台阶往上走。明明只有三层，却走了个把小时，感到这楼梯是被人设定了程序，它在不断拉长，为的是拖延时间。我意识到，这是组织方的安排，为的是防止我去得太早而听众却未能按时赶到这种尴尬局面的发生——这是出于对我的尊重。上到楼上之后，我发现他们邀请的演讲嘉宾是两个，另外那个是我的一位朋友，他也曾经做过副刊编辑。我们二人在那里说着闲话，等待会议开始。

陪我前来的那位女士，突然不见了。

我正在诧异，听见楼梯口传来闹哄哄的说话声。转眼，会议室里出现了一拨人，一看，大多是我的熟人，有一些还是我的领导。原来，这些人也是前来参加活动的。他们行色匆匆，左顾右盼，眼神陌生，看起来这不是事先的安排，他们只是在参加完另一场活动之后顺便过来看看。

现场立马混乱。此前，主席台上放着三个座签，也就是我和我的那位朋友以及负责邀请我的那个人的座签。这些人来了之后，东道主立马手忙脚乱地重新布置主席台。由于人多，他们把主席台摆成了两排，好几个人手拿桌签在那里摆放。我看见，我的座签被摆在了第二排。

我是演讲嘉宾，怎么让我坐在第二排？我心中不悦，却没说什么。一则，那些后来者大多是我的熟人，我不好意思去计较；二则，其中不少人级别很高，想到东道主是出于行政层面的考虑才不得不做出这样的安排，我也就理解了。

就在他们一片忙乱的时候，我发现会议室右侧放着沙发和茶几，这里似乎是咖啡厅。我灵机一动，提议大家到咖啡厅去。那里的沙发和茶几是环形摆放的，不分上下，从心理上每个人都会感到舒服。再说了，参会的人不多，大家围坐在一起，平等而亲切，更像是一个学术沙龙，多好啊。

我的提议被采纳了，人们乱哄哄地往咖啡厅去。我感到活动就要开始了，大概是要我开讲。从何讲起呢？刚才只顾着忙座位的事情，没有认真准备，我的脑子里一片空白。我却并不紧张，我知道，那些话就在肚子里等着，只要我一张口，它们就会像水龙头里的水那样哗哗地往外流。

一转眼，参会的人不见了，现场只剩下我和另外那位演讲嘉宾。恍惚觉得有人说过一句："你们先在这里休息一下。"于是，我俩就进到一个房间里休息。

我们在那里说了好长时间闲话，似乎还朦朦胧胧睡了一觉。醒来之后，看见一位女士朝我们急匆匆地走过来，以一种惊讶的语气说："会议开了很长时间了，你们怎么还在这里？"

我又气又急，大声说："会议挪地方了，怎么不事先通知我？！"

那位女士说："大家都知道，就你不知道。"

我不再跟她争论，就跟着她急急忙忙往那个地方去。路上我问了她一句："离会议结束，还有多长时间？"她回答："大约四十五分钟。"我心里猛地一轻松：还行，够用了。这时，她突然来了一句："不，大约还剩十四分钟。"

只剩下十四分钟，还能讲什么呢？我又焦急起来。

说着说着，我们来到会议室。会议室里坐满了人，除了先前那些人之外，还有电台和电视台的领导以及采编人员。看来，会议规模扩大了。从现场的气氛看，此前已经有人在这里演讲过了。

我被直接领到主席台上，站在麦克风前。由于面对的大多是熟人，我就很放松地开始演讲。我说的第一句话是："各位朋友：大家晚上好！"错了，现在是下午，于是我立马改口说："大家，下午好！"

听众席上，人们一直在交头接耳，没有一个人在认真听；更过分的是，随着我的演讲，他们由窃窃私语变成了大声喧哗。我停下来，对他们说：“在座的，谁要是不想听，请离席，我绝不怪罪。”我这么一说，立马有四分之三的人站起来离开了，包括我的朋友和熟人。我看了一眼他们的背影，准备继续讲，主持人悄声对我说：“快开饭了。”我明白她的意思，是催我快点儿结束。

我是来演讲的，怎么能如此应付、草草了事呢？我大声说：“只要还有一个听众，我就会认真讲下去！”

剩余的听众大多是一些女子，她们笑着拥上来，围在我身旁。原来，她们只是想来看看我，而不是打算听我演讲。她们紧紧地挤在我身边，一边嘻嘻哈哈地说着话一边目视前方。显然，她们前来的目的，仅仅是为了跟我合张影。

照过相，那群女子一哄而散，台下只剩下那个邀请我的副刊部主任。她的肚子咕咕叫，音量很大，她这是在用腹语提醒我该吃饭了。我突然意识到：那些人，都是吃饭去了。

会议室里一片寂静。定睛一看，会议室变得像沙漠一样无边无际，却空无一人，连那个东道主也不见了。

我大恼，决心要把演讲进行到底。于是，我掐着腰，站在演讲台上，张大嘴巴，大声地讲起来。

可是，我嘴巴里吐出来的，是一股一股烟雾……

飞升的女人

眼前有一个长方形框子。一个人，出现在那个框子里。是个女人。这女人，靛黑色的皮肤泛着健康的光泽。她身材高挑，大约有一米七五，身穿纯白色风衣。她走路带风，风衣的后摆向后高高飘起。她从左侧进入我眼前的框子，向着框子右方快速走动。印象最深的还是她的容貌：她虽然皮肤靛黑，却是典型的希腊人脸型，面部轮廓分明，深眼窝，高鼻梁，瞳仁散发出宝石蓝的光芒，眉眼俊俏，十分动人。

最让人惊讶的是她的头发。她的头发是白色的，银白，光芒四射。随着她那风一般的步伐，她的头发丝丝缕缕地向后飘起。她那飞扬的头发在快速生长。第一眼，她长发披肩；转眼间，她的头发长到了腰部；又一转眼，她的长发已经拖在了地上。

大地上有无数看不见的东西，那些东西带着某种强烈的意志，决心要跟这个女人一起往天上去；也可能是这个女人有一种巨大的、不可抗拒的魔力，吸引着大地的能量沿着她的头发浩浩荡荡地向上去。那些不断上涌的东西——能量——在那女人的后颈和肩部停了下来，堆积成雪白的绒毛。细看，绒毛正以极快的速度演变成羽毛。羽毛状的东西越积越厚，在她的肩胛处快速堆积并向上凸起。能感受到一种巨大的能量在支撑着这人的肩胛，这肩胛越来越厚，中间凸起，两边微微弯曲，渐渐地演变成了一双巨翼的前部。

怎么会是这样！

我正在暗自惊叹，那巨大的翼状物开始延展，倏然变成两只巨大的翅膀。那翅膀仿佛懂得我的心思，带着一种强烈的自豪感在我面前一上一下地动了几下；接着，开始由缓到快地扑扇起来，“哗——哗——，哗，哗，哗哗，哗哗，哗哗哗哗……”。随着翅膀的扇动，那个女人，垂直地向上飞了起来。

她的翅膀在舞动，她的身体微微前倾，她的腿脚微微向后伸展，整个身体是那样轻盈和优美。

天使，天使！

整个大地都被她带着，向上，飞去。

真想跟她一起飞啊！

废话连篇

我为一对新人主持婚礼。

婚礼在一个大型会议室里举行。这里没有灯光，人们的五官看上去不甚分明。参加婚礼的人很多，有的我认识，有的我不认识。大概是为了使参加婚礼的人能够集中精力参观婚礼，婚礼现场不设酒宴，没有桌椅。来宾们或一动不动地站着或悠闲地来回踱步，许多人抻着脖子往我所站立的这个地方看，就像是在看一场街头大戏。

主持婚礼的有两个人，我是其中之一。

现场的客人分两部分，一部分人的血管里流的是红色血液，是红血客人，另一部分人的血管里流的是黑色血液，是黑血客人。我是第一主持人，负责介绍红血客人，另外那个主持人负责介绍黑血客人。我被告知，在介绍红血客人的时候，一定不能伤害了黑血客人，要让现场所有的客人都得到尊重。譬如，我在介绍红血客人的时候，要通过暗示、隐喻等一系列手段让大家感受到，虽说红血客人很优秀，但黑血客人血管里的黑色血液是闪闪发光的，是高贵的。当然，这层意思只能包含在我的潜台词里，不能直接说出来，因为我必须给另外那位主持人留下足够的发挥空间。

如此高难度的任务，让我有点儿紧张。

一紧张，我获得了透视能力。现场的人一律失去了具体形貌，变成一个一个虚拟的、透明的人体，呈现在我眼前的仅仅是人的血液循环系统。所谓的“人”，也就是由动脉血管、静脉血管和密密麻麻的毛细血管联结而成的一个个网状人体。大概是由于分工的原因，我只能看见红血客人血管里的血，却看不见另外那部分客人血管里的血。在我的眼里，另外那部分客人的血管是无色的，就像是一些粗粗细细、弯弯曲曲的透明塑料管子。

这可就麻烦了：由于看不见那部分客人血液的颜色，我怎能确定他们血管里流淌的一定是黑血呢？如果不是黑血，而是绿血或白血，抑或是其他颜色的血，我岂不就无法完成今天的任务了吗？非但不能完成任务，反而会给委托我的那位朋友带来麻烦，造成意想不到的后果。

婚礼已经开始，客人们都在看着我，我又不能总是愣在那里不说话。怎么办？

一急，我的嘴巴开始说话了。它说：“红血嘛，是红血；黑血嘛，是黑血；其他任何颜色的血，不是红血，也不是黑血。总之，血就是血。”

我的嘴巴这是跟谁学的，怎么会说出这样的废话！

我的脸一阵发热，心脏突突地跳。我为自己的嘴巴感到不好意思，真想上去扇它一个耳光，把它给拦住。可是，它竟然无视我的存在，像一个权威人士那样，意气风发、滔滔不绝地讲着讲着。

就在我感到万分难堪的时候，一个声音说:“正确。你，得了满分！”

现场突然响起了惊涛骇浪般的掌声……

混 形 记

有一个东西，它是银白色的，样子像是山的模型，又像是人的头颅，它的名字叫“尖”。此时，“尖”似乎是被谁放置在了一张桌子上，又似乎是独立地存在于一个虚拟的空间里。

就在我盯着它的时候，从“尖”下端的凹槽处往外涌现一些东西，这使得“尖”看上去如同一个正在绽放的花朵。那些涌现出来的东西，呈颗粒状，像是蚂蚁，又像是铅字，抑或是别的什么东西；这些东西都是活物，会动，它们是从“尖”的体内爬出来的。一个意念在暗示我：是“尖”生出了这些会爬行的东西；同时，也是这些爬行的东西生出了“尖”。这两者，互为依存，彼此互生。

看着看着，“尖”在我眼前动起来，变得越来越大，与它所生出来的东西浑然一体，已经分不出哪个是原来的“尖”，哪些是它生出来的东西。一个意念对我说，眼前这个东西叫“混形”。

我突然意识到：那个“尖”，是我；而“尖”生出来的东西，也是我。原来，这是预先设定好的一堂人生课，这堂课的主题是：我在生“我”。

我，怎么会生出一个“我”来？

我感到好奇，就站在一旁兴致勃勃地边观看边琢磨这件事情。那个叫作“混形”的东西，此时正像一大堆银色蚂蚁，形成一个球状物，激烈地、大幅度地蠕动起来。我知道，它这是在向我演示自己的结构和状态，并向我演示一种叫作“互生”的原理。我明白了：原来，所谓的“混形”，其实是一个精神体，我们可以把它叫作“人脑机器”。

一转身，一位从前的同事出现在我面前。我突然想起来，他是来向我要稿子的。我答应给他写一篇诗歌评论，我曾经对他说，已经写好了，其实并没有写。看见他，我灵机一动，就指着眼前的“混形”——也就是那个“人脑机器”——对他说：“给你写的稿子，就在这个机器里。”那人疑惑地看了我一眼。我解释说：“是那稿子在写稿子——你的稿子就在稿子里。”

那位同事意味深长地看了我一眼，哈哈大笑，径自走进了“混形”里。他是去取稿子了呢，还是去写稿子了呢？如果他走进去了，就等于他变成了我；那么，无论是写稿子还是取稿子，也就等于是我给了他稿子。想到这里，我的心里突然一阵轻松。

填 空 题

虚拟的大地。

在这虚拟的大地与天空之间，出现了一个视界。这视界，仿佛是谁画出来的一道地平线，微微向上隆起；而天空，则是这视界的背景。

一个人，出现在这视界之上，他看上去就是一个剪影。我看见，这个人就是我。

过了眼前这条线，就是另一个世界。他——也就是那个“我”——之所以出现在这条线上，是为了在这两个世界之间确立一个界标。

从当下的态势看，他——也就是那个“我”——并不仅仅是为了做一个界标，他像是要到一个地方去——那是另一个世界。他的身体在那条作为视界的线上微微晃动，似乎是在走动，又似乎没有走动，处于“走”与“未走”之间的测不准状态。大概是为了表明他是在走动，或者具有走动的欲望和趋势，界面上出现了一个逗号。一个人，一个逗号，构成一个视觉整体。

这个视觉整体的出现，是大有深意的。

原来，眼前这视界是一道填空题；在这道填空题中，相关文字与数据是隐匿的，虚拟的大地与天空是题中的括号——也就是“填空题”中的那个“空”——大地和天空的虚拟性质及其外表的弧形，暴露了这个秘密。这个视觉整体——一个人和一个逗号——正好可以用来填写这道填空题。你想啊，眼前这个世界与另外那个世界之间是空的；既然是空的，那么就需要去填补。我突然明白了：那道填空题所隐匿的文字部分——也就是题目——是这样一句话：为世界赋予意义。呃，这个视觉整体，不是正好符合这个题目的要求吗？因为，一个人，一个逗号，完全可以证明：世界不空，并且变动不居。

这是多好的答案啊！

我站在那个视界的弧线顶端，看着“我”和那个逗号，思考着这个视觉整体的象征意义，我为自己的发现而兴奋不已。

“一个男人，一个逗号……一个男人，一个逗号……”我大声念叨着。突然，心里一动：啊哈，这个组合，其实是一首诗的标题，其蕴含的意旨是：世界是变动的，一切的一切，都不确定。

想到这里，我忍不住奔跑起来。

没想到，我这一跑，另外的那个“我”，还有那个逗号，也跟着跑了起来。那个视觉整体，连同那个视界，一下子失去了平衡，乱作一团。我，还有那个视觉整体，猛地滑向另外那个世界，又猛地摇摆回来，于是这个世界与另外那个世界也就混到了一起。

天啊，这可怎么办？

在雨中避雨

我沿着一条细细弯弯的土路，侧歪着身子往前走。眼前的空间里，稀疏地分布着一些黑色藤蔓，它们由一根一根木棍支着，看上去就像是一条条翘着头向上攀爬的蛇。这里看上去是一个葡萄园，却又不能确定，这里的一切都有一种虚拟的性质，我似乎是走在一个影像里。不过，地面却是清晰的。远远看去，地上稀疏地长着一棵一棵青草，这些青草原本匍匐在地，青青的，矮矮的；但当我走近的时候，青草突然变得像茂盛的灌木丛，每一棵青草都有大腿那么粗，有农家房檐那么高，而且在继续快速生长。这些草造反了，它们决心不再当草，它们要变成树。

轰的一声，园子里人影散乱，一群黑衣人在院子里胡乱奔走，他们一个个身背巨型喷雾器，像抗旱那样朝四下里喷水，白花花的水柱一会儿朝着地，一会儿朝着天，水花四溅。空气中充满了汽油的味道，我突然明白过来：他们喷洒的是汽油！一个身材瘦高的中年男人在指手画脚地指挥着，手里拿着一只打火机。此人我认识，他是一个不小的官员，以精明能干著称。他的眼睛朝我瞟过来，却并不跟我搭话，面无表情。本来，我觉得他们这样做是为了对付那些造反的青草，但那人的眼神让我明白，他是冲我来的，他认定青草的造反与我有关。

真是天大的冤枉！

下雨了。雨并不大，中雨，淅淅沥沥。不知道这雨是从那些人的喷雾器中喷出来的，还是从天上降下来的，但有一点是确定无疑的：这是汽油雨。

跑啊！

一眨眼，我跑出那园子。可是，天上依然在下雨。我不能确定此时从天上降下来的是汽油还是雨水，但可以肯定的是，我的身上已经浸润了足够多的汽油。如果那个人按下他手中的打火机，我能逃过这一劫吗？我在雨中茫然地走着，提心吊胆地琢磨着。

突然间，两个人影从我面前一闪而过。

从他们的背影看，是我的两个同学，他们一个是人事部门的官员，一个在反间谍机构工作。他们大概是从我出逃的那个方向来的，他们一边像影子那样走，一边在紧张地说着什么。他们的影子和声音，像灰黑色的烟雾，在身后丝丝缕缕地飘着。

一个声音说：“在雨中避雨。”

不知道这话是不是我那两个同学说的，也不清楚这是什么意思；我只是看见，那个手持打火机的人正在朝我走来……

影子的自画像

有人要给我画像。

这是在一座大房子里，没见到那个要给我画像的人，我们之间用意念进行交流。我对那人说："对我五官的描绘一定要精准。"可是，最终呈现给我的，却是一张像长把南瓜那样的肖像画，它高度抽象，鼻子、嘴巴和眼睛像是小孩子用蜡笔胡乱画出来的几个大小不一的圆圈。

我对这个结果很不满意，就赌气地在一片开阔地上大步走着。

突然，眼前出现了一条条五彩缤纷的道路。这些开满鲜花的道路，呈辐射状通向天边。路边，遍布香草和绿树，配上蓝天白云，是一幅绝美的风景画。我心里一动：应该选取一个风景，作为我肖像的背景，这也许是拯救它的唯一办法。

我回到那座大房子里。这里已经不再是刚才那个空间，而是一个完全陌生的大厅。我看见，在大厅中间那把太师椅上，坐着一个看上去有五十多岁的男子，他表情高傲，神情冷峻。我知道，这是一位大师，于是就请他选取一处好的风景，与我的肖像画相融合，使之成为一幅完美的画作。他答应了，却没有行动，而是用无声的言语对我说："你的肖像是有意识的，他会自己寻找合适的背景。"那人顿了顿，接着说，"那幅画像，其实是你影子的自画像。"

原来如此！

也就是说，为我画像的是我的影子。我突然明白，那幅画像为何是那副鬼样子。原来，影子把自己的形象当成了我的形象。由此看来，影子就是影子，它再聪明，还是比人差得远呢。

虽然那是影子的自画像，但毕竟是我的影子的自画像；况且，它曾以我的画像的名义公开亮相，那么，我就有义务拯救它。

怎么拯救呢？

呃，还得用刚才想到的那个办法：背景还原法。

那幅肖像画显然是明白这个道理的，它起身沿着一条土路大步走起来，它要去寻找自己的背景。遗憾的是，我明明知道它是在路上走着的，但看了半天，却还是没看见那幅肖像画在哪里。莫非，它是被这条路和眼前的风景吞没了？当然，还有一种可能：跟天气有关——此刻，正是阴天。

它是否找到了合适的背景？如果找不到，它将会是什么样子？还有，这幅画像，是我影子的自画像，光有合适的背景还不行，还必须找到我的影子——影子就是它的背景。但问题是，影子的自画像是自己出走的，我的影子没有跟上来；或者，影子在半路上把自己走丢了。如果找不到我的影子，那肖像画就找不到我；找不到我，它就无法与我合体，它的面目也就只能是模糊的；一个面目模糊的东西，又怎能以肖像画的名义立身于世呢？更严重的是，如果找不到我的影子，我岂不成了无影之人？一个无影之人，还能作为“人”生存于这个世界上吗？

哎呀，这都是我的影子——那个说是要给我画像的家伙——惹的祸！

我想把我的影子找回来。可是，一个丢失了影子的人，还能找到自己的影子吗？

人间细节：在现实的这一端

一张用旧的脸

二十年之后，我们相约在一家酒店见面。在去往酒店的路上，我已经看见了他；确切地说，是一张脸在我脑海里闪回。

当这张脸出现的时候，最先看到的是额头、眉毛和睫毛，它们像山崖和崖前蓬勃的植物，想努力地遮挡什么，却什么也没挡住，我指的是那乍然喷出的目光。它亮亮的，不是那种清澈的、流淌着的亮，而是如潭水一样深邃、凝定，甚至是富有侵略性的亮，具有一种可怕的穿透力。人未到，目光已跳过来了，是目光拉着一张扁平的脸往前走。这脸，被一个近乎直角的坚硬下巴托着，情不自禁地翘向蓝天。当这张脸从云端屈尊地挪下来，朝向你，你也不会感到多温暖。就说那眼睛吧，先是低下去，像豹子起跳前的动作；接着，一道明亮的目光唰地从山岩般突兀的眉骨下方的洞穴甩过来，像刀子，你悚然一惊，立马明白什么是审视、挑剔和傲慢。还有嘴巴，薄薄的嘴唇，本来就给人一种不太厚道的感觉，偏偏它又像一张拉开的弓，向下，好像随时会有刻薄的箭射出。

这张脸，在舞台上一次次得以放大。

追光，强调着他的存在，好像这世界只剩下他一个人。一开始，双目紧闭，整个面部已经入眠，只有手醒着，像跃跃欲飞的鹰隼；突然，哗地一亮，哦，是那双眼睛猛然睁开了，像鹰从高空一个俯冲，横扫观众，在无边的虚空里狂舞。岂止舞，简直是骏马在无垠的草原上肆意奔腾！一会儿嘴巴咬着，像要撕碎什么；一会儿又忘情地张开，像是朝着天堂无声地呼号。牙巴骨在抖动，面部肌肉在抽搐，仿佛一群公牛和虎豹在他脸的旷野上扭打、搏斗。

那是 20 世纪 80 年代中期，他从一所大学的音乐系被分配到山区一所学校任音乐教师。他的到来，使宁静的校园喧嚣起来，琴室昼夜轰鸣，空气中游荡着丝竹的幽灵，尽是《二泉映月》《江河水》《梁祝》等。这张脸出现的地方，必有歌舞晚会、演唱会、演讲会、诗歌朗诵会。学校，乃至整个山城，跟着他狂蹦乱跳。哦，忘记说了，他还是个诗人，在《诗刊》《星星》上发过诗歌，还是头条。

这张脸，简直像魔鬼，代表着骚动和不安。它的周围总是翩然飞舞着一群群蝴蝶，那是女学生的眼睛；还有摇曳的树枝，那是在暗处指指戳戳的指头。其实，这些指头，与少女的眼睛一样，与领导的规劝一样，在以各种不同的方式表达着对他的爱。不论是褒是贬，私下里，人们都叫他“人才”。

我离开那所学校的头天晚上，他以两行清泪和一曲《二泉映月》为我送行。小屋，烛光，如泣如诉的琴声，晃动的二胡，时俯时仰的面孔，飞扬与跌宕的长发，成为我对于他和他那张脸最后的记忆。我把这一切装进心灵的箱子，拎进了省城。

整整二十年我们未曾谋面，只是间或听到一些关于他的信息，说他带着他亲手调教的合唱队走进省城、走进北京，得过许多大奖；说他在某市当了文化局局长，前不久调到省城，在省直某单位任处长。我的好兄弟，你那张不怎么漂亮却意气风发的脸，如今该是何等神采奕奕！

到了我们相约的那个地方，在一处霓虹灯下，我的目光在急切地寻找那张熟悉的脸。突然，一张脸，从停在街边的一辆轿车的车窗里伸出来，冲我笑着。

是他吗？

啊，是什么东西竟能把一张脸变成这个样子：原本就有些扁平的脸膛，如今已是盆地，让人想到干涸池塘的底部。鼻子也不再居中、不再挺直，令人想到风蚀严重的高原山脉；而在这“山脉”的两侧，两道沟壑在说：瞧，水土就是从这里流失的！眼睛，像两匹老马，在眉毛与睫毛的草地上犹豫不决地吃草，左一口，右一口。眉骨依然突兀，却已不具任何危险性，反而像是高高的护栏在尽力地护卫着什么。其实，用不着刻意地遮挡，那眼中破碎的光，已没有丝毫昔日的凌厉；相反，有一种谦卑的东西从那眼睛的窗口慢慢爬出来。谦卑？谦虚？说不清，倒更像是幽深的井，在一口一口地吐着雾气。

他带着笑，迎上来；或者说，是牙齿叼着笑容，把一张脸像名片那样递过来。下巴依然坚硬，依然上翘，却不再激烈，像是在努力与凹陷的脸膛形成某种恰到好处的补充和美妙的呼应。嘴唇在尽力地上翘，像是有一些得体的话儿在那里排队，等待上场。这表情，使我不再担心他会像从前那样，猛地扑上来，一边紧紧地握手、夸张地摇动，一边用另一只手朝我的后腰来那么一下。果然，他握手的动作，不轻不重，沉稳而礼貌。递过来的目光，虚虚的，好像他面对的不是一个具体的人，而是一个概念，一个需要慎重思考的概念。

晚宴上，他话不多，总是望着面前的墙壁，双肩耸着，像苍老的鹰在护着羽翼下的什么东西。当有人说到一个有趣的段子，他脸上的皱纹会跟着席间轰响的笑声波涛汹涌起来，而目光却依然是虚虚的、淡淡的。

重提他用烛光和《二泉映月》为我送行的往事，他的眼睛一亮："啊，你还记得？"这一瞬间，如同在黑暗的房间里突然擦着了一根火柴，他的脸蓦然一亮，从前的那个他，像雪中白狐，一闪而过。定睛一看，眼前中规中矩地坐着的，依然是现在的他。

整个晚上，总想打探他这二十年是怎么过来的，却没有机会。何必深究呢？纵然是一条鱼，在江湖里游了二十年，还会是从前那条吗？但我还是忍不住想问：一张生龙活虎的脸，何以被揉搓成这个样子！

莫非，这是一张用旧的脸？

我的兄弟啊，二十年了，你都拿这张脸干了些什么？是把它当作镢头逢山开路、遇水架桥了吗？是把它折叠成颤抖的手指，去叩击那一扇扇高大的朱门了吗？抑或，你是把它揉搓成毛巾，去兢兢业业地擦亮那高贵的桌子和肮脏的烟缸了吗？你是把这张脸搓成一根常春藤沿着一个又一个坚硬的台阶，去不断地攀缘上升？又抑或，你是把这张脸当作燧石一次次擦燃，从而去照亮脚下的红地毯？

啥也别说了，我的好兄弟！你孤军奋战，从山区县城、从墙旮旯一样的师范学校走出来，像一只蜗牛，背着如同欲望一样沉重的家，一步一步走到现在，钻过多少门洞，爬过多少台阶，纵然有多少张脸也是会被磨破的啊！

真想抚摩着这张像破袜子一样的脸，大哭一场；可是就在此时，我眼前的这张脸却在笑。好像是这张脸看透了我此时的心情，特意在用一层一层的笑容，来缝补它浑身的破洞。一张脸，当它笑着的时候，你真的看不出它已经千疮百孔。

有人说，人到四十岁之后，要为自己的脸负责。怎么负责呢？笑一笑，十年少。用各种各样的笑来修补我们的脸已经十分必要，千万不能，千万不能让它在某一天像破布一样突然碎掉啊！

你看，大家都在练笑！

与甲壳虫的游戏

四月的一个下午，我和妻子坐在黄河大堤的阳光里。堤上的青草很绿了，堤下的柳树很绿了，若有若无的风，很轻，很柔，四处弥漫着泥土和花草的香气，整个世界处在无限的光明与温暖之中。

我们的轿车，在附近的草地上反射着明亮的光，像一只硕大而辉煌的甲虫。我跟妻子坐在旅行床上晒太阳，说着一些轻松的话题，脑子里一片清明，像头顶明亮的天空，像身边徐徐的清风，像脚下宁静的草地。

这时候，一只甲虫出现在我的视野里。这是一只土黄色甲虫，它像一粒泡涨了的黄豆那么大，正从一棵草的根部呆头呆脑地走出来。这甲虫，与黄河大堤上的泥土一个颜色，如果不走动，谁也不会发现它。可是，它在走动，正是这种走动，使我盯上了它。

它一副心事重重的样子，像一个肩负重要使命的人那样，努力地往前走。它这是在赶赴一个重要会议，还是去谈一笔生意，抑或是去参加一场事关重大的谈判？当然，也许只是像我们一样出来散散步晒晒太阳。就它此后的遭遇来说，出来干什么，并不重要；重要的是它走出了隐身的草丛，暴露在我的眼前。它绝对不会想到，一次正常的行走竟会惹来这么大的麻烦。如此想来，虫子的预测能力一点儿也不比人类强，这就注定了它跟人类一样，总是感叹世事难料、命运无常。

甲虫出现的那一刻，我的目光正散漫地投向脚下的草地。说“草地”并不十分准确，因为这里的草不是茂密一片，而是稀稀拉拉的一丛一丛，就像从高空俯瞰地球森林时所看到的那种景象。对于甲虫来说，这草地就是一片莽莽森林，而在我的眼里却是巴掌大的一片草丛。因此，那甲虫艰苦卓绝的大穿越，在我看来，既不神秘也不悲壮，其速度缓慢得令人难以忍受。

那时候，我和妻子心情都很好，像一对仙人那样正谈着一个悲天悯人的话题，甲虫的出现，正好使我们有了一个施展悲悯之心的对象。于是，我伸出手指，把那只甲虫轻轻地捏起来。对，是轻轻地捏起来，而不是狠狠地捏死它。

显然，这是一只聪明的虫子。在被我放于掌心的一刹那，它立马一动不动地装死。看不见这甲虫是否还在呼吸，但它的触须和所有的腿都绝对停止了运动。聪明的甲虫是想让我相信，它已经死了。一般的逻辑是：谁会对一个死去的虫子感兴趣呢？它在用谋略对付我。

可它不知道，它此次遇上的可不是昆虫世界的天敌。在我看来，这小小的伎俩，实在是太小儿科了。甲虫的计谋只是换来了我开心一笑：哈哈，跟我玩这一套！真是“虫子一思考，人类就发笑”。

我把那只仍在装死的甲虫放到地上。过了一会儿——在虫子的时间里，这大概是足够长的时间吧——那只甲虫便开始大逃亡。先是慢慢地活动触须，很谨慎的样子，过了一会儿，大概是感知到险情已经解除，便很快地翻过身来，以比从前快得多的速度沿着草丛边缘朝另外一个方向爬行。不，不是爬行，而是奔逃。

有一刻，那甲虫好像真的隐没于黄土之中了，但对于一双高高在上的眼睛来说，只需眼珠一转，它就会原形毕露，它身体的伪装色只是增加了观察者的乐趣罢了。我和妻子又笑了，说：“这家伙大概觉着自己已经成功逃脱了呢。”

妻子用一根草梗在那甲虫的背上敲了一下，那家伙立即故技重演，趴在地上装死。此时，它一定悲愤交加：怎么又来了，简直是遇见了鬼！

过了一会儿，那甲虫又开始奔逃。

我和妻子相视而笑。

我说，这虫子要是回到家里，肯定会失魂落魄地对自己的老婆（或丈夫）说：“哎呀，我的妈呀，今儿遇上了‘外星虫’，要不是我机灵，你再也见不到我了！”它会绘声绘色地讲述一系列死里逃生的情节。如果它正好是个“虫子作家”，说不定会写出一本《森林脱险记》呢。在书中，那甲虫一定会详细记述它是如何在完全失去自由的情况下与“外星虫”巧妙周旋，在逃生的路上又经历了怎样的天崩地裂般的袭击，又是怎样一次次运用装死技巧成功逃脱的。如果这甲虫把故事编得足够惊险，文笔又好，说不定真能成为一本畅销书呢。如果是这样，这家伙就会召开作品研讨会、图书分享会，四处巡回演讲和签名售书。在清点钞票之余，它还会一次次满口白沫地对采访它的“记虫”说:“这就是大难不死，必有后福。对于‘作虫’来说，苦难的经历可是一笔巨大的财富啊！”

我一边信口编着童话故事，一边盯着那只甲虫。此时，它还没有跑出四指远。它大概正沉浸在大难不死的喜悦之中，大概万万不会想到，在某个看不见的地方，一双眼睛正兴致勃勃地注视着它呢；而它的命运，将取决于那个看不见的观察者的某个念头。

这时候，天上隐隐传来轰隆隆的声音，一架直升机正飞越黄河。

妻子说:“哎，直升机能飞那么高？不会是飞碟吧？”

我说:“如果那是一只来自宇宙的手，咱俩可就是可怜的甲虫了。”

惊惧地望天。

渐渐地，直升机消失在蓝天深处。天上，除了一片空茫的湛蓝，什么也没有；或者说，我们什么也没有看见。

一只白鹭飞过头顶。心中那曾经的一丝惶恐，在鸟影里缓缓消失。我和妻子开始了另一个轻松话题。那只甲虫也不知跑到哪里去了。眼前只有河流、绿树和草地，还有那辆反射着阳光的甲壳虫一样的轿车。

我不再望天，也不再去想那双看不见的眼睛，而只是专注于眼前的景致。于是，一种踏实和幸福的感觉实实在在地涌上心头。

一朵牡丹的凋谢

客厅里那盆牡丹突然动了起来，好像是一个人在睡梦中动了一下身子。门窗关着，没有风，它怎么就动起来了呢？莫非是我进门的时候带来了风，或者，这只是我的一种幻觉？我俯身细看，发现它真的在动，就像是一个人在朝我招手，并轻声说："来，我跟你说，我跟你说。"

这盆牡丹是春节前来到我家的，一朵朵粉红的花，不，是一簇簇花蕾，像春天的鸽子，在我冬日的居室里一天到晚咕咕地鸣叫；或者，这牡丹干脆就是我前世的一个红颜知己，假托这花的精魂找上门来了。瞧它那神态，你就知道它不是花而是人；不然，那粉红的脸，怎么能如此娇艳和似曾相识。

总觉得，它会一直这样娇艳下去；前几天，突然发现它最高的枝头上那最大的一朵花不知何时已经开始发虚，一些花瓣微微发干并翻卷起来。啊，花儿似人，也会老去！老去就老去吧，不是有些花儿枯萎成一把干刷子，却依然紧紧地抱着花枝吗？那是在努力地证明，它曾经开放过、明艳过。可是，骄傲的牡丹，偏偏不愿这样。

此刻，牡丹的花朵在枝头上颤动，像一个人在危崖上迎风而立。啊，有什么事情要发生了！

真的发生了。那朵硕大的花，在几次颤动之后，最上层的几片花瓣猛然挣脱花萼，起身，跳跃，像雪崩发生时最顶端的那一堆雪，匍匐着，向前，向下，滑过去，冲下去……

在这决绝的动作中，依然充满了眷恋。那一簇滑动的花瓣，扑在昔日姐妹的肩头，轻轻地轻轻地说着什么。那是一声叹息：先走一步了，既然使命已经完成，还留恋什么？还要这无用的皮囊干什么！

像一个人慢慢地松开了抓着窗棂的手，向着蓝天和大地，一个俯冲，哦，这些花瓣，离开枝头，离开花萼，向大地扑去。绿色的叶子伸出手，想拉它一把。叶子在说：何必呢，你看，我不是还活着吗？那些花瓣在叶子上弹跳了一下，拍了拍战友的肩，无声地走了。

那是一道粉红色自由落体之弧，嗒的一声，像一声短促的“啊”，或一声低沉的“哦”。落地的一刹那，它一定是轻轻地弹起，在摇晃了好多次之后才渐渐地平静下来的。

就在这簇花瓣离开枝头的时候，唤醒了其余的花瓣。那些花瓣立马从残破的花萼上弹跳而起，像战场上最后的战士，相拥着、激励着、嗷嗷叫着，把生命捆绑成一束悲壮的子弹，紧紧地跟随着早先出发的花瓣们，以更加洒脱和决绝的动作画出了又一道自由落体之虹，不，是激射出一股粉红的火舌！

后来的花瓣，溅落在先行的花瓣之上，它们枕藉着、叠加着，在乳黄色、带波纹的地板砖上，像一片片倒映在静静的河水之上的云霞。这“河水”会把它们送到什么地方去呢？

我目睹了这朵牡丹凋谢的过程，怔怔地、痴痴地凝视着脚下的花瓣。真的，我听见了花瓣们的叹息，看见了花瓣们的笑容，真想对这些花瓣跪下去，因为，它们使我想起了那些远去的亲人和朋友。

想对这牡丹说点儿什么，却什么也没有说。不对，我在心里说了许多许多，是的，许多，许多；只不过，那都是一些无法用语言表述的意识流。

走出热被窝的过程

我从一个什么地方慌慌张张地走出来，去看望一个病人。那是个身患癌症的老女人，她躺在轮椅上，骨瘦如柴，一双眼睛像两个树洞。在窗口，我让她吃药，她的面孔扭曲得像旋风中的荆棘。人生到了这个时候，真是悲哀啊！我走了，她躺在轮椅上，无力地看着我。转眼，我走进一个巨大的楼宇，这里亮着灯，一眼望不到边的空间里有许多床，其中三张床上铺着床罩和床单。那些床罩和床单雪白，很豪华的那种白。高档家具闪耀着瑰丽的光影，房间里的花朵发出柔和的光芒，明艳却不耀眼。没看到人，却分明感到人的存在。住在这样的房子里，躺在这样的被窝里，一定很暖和、很舒服啊！

感叹着，醒了。

是上午八点十分。刚才，我的灵魂在地狱与天堂之间游走；现在，我在人间，在自己家里，在被窝里。我伸伸腿，很舒服，是那种经过充足睡眠之后的轻松，带一点儿舒适中的慵懒。渐渐地，感觉到身体的存在。有的器官已经醒来，有的半睡半醒，有的还在昏睡。醒来的，偶尔动一动，而睡着的则不动；想动就动，不想动就不动。是假期，而且是过年，不用上班，没有不得不办的事情。那么，就把身体放到床上，不，干脆把它撂在床上。撂在床上的身体是什么？是一台休眠的电脑，还是一部封存的汽车？不，什么都不是。如果一定要指出它是什么，也许是一只正在做梦的打着呼噜的猫咪。伸伸腿，翻个身，就像虫子在睡梦中蠕动了一下那样。脑子，好像已经醒来，却不是真正的醒；魂儿像一条小狗，正懵懵懂懂地四处游逛，一会儿跑到现实的花园小径上，一会儿又窜到梦境的云烟里去。仿佛一片浮沉于水面的木板，我的意识浮沉于一种不确定的状态；而可以确定的是，我在自家的被窝里躺着。

哦，被窝，真暖和啊！纯棉的被子贴在身上，就像许多温暖、嫩滑的手在轻轻地抚摩着我；又像许多小猫、小狗在亲昵地贴着我。翻个身，再翻个身……身体，怎么会这么轻呢？轻松，轻盈，轻爽，轻快。也许，神仙也不过如此！

这时候，突然有一个声音，从很深很远的地方，从一个看不见的地方传来："天亮了，起来！"而我的身体却说："起来？起来干什么？这是春节，放，假，了！放……假……了……"

妻子已经起床。她推开窗户，大声说："哎呀，下雪了！"

我一个激灵，回到一个土炕上。

那是一个遥远的日子，邓县第二高级中学二年级的一个土炕。那并不是真正意义的"炕"，因为它只是用土坯垒成的一个睡觉的地方，却没有任何取暖的设施。暖气？从来没听说过；当然，土炕下头也没有烧火取暖的烟道什么的。薄薄的被子，让我很深刻地理解了“布衾多年冷似铁”这句诗的意境。这样的被窝，总是等到后半夜才让人理解“暖和”是个什么滋味儿。

这天，天还没有亮，我突然感到一个温凉的东西在轻轻地碰触我的额头。那是袁宏千老师的手。他是我们的班主任，他在叫我起床。这是我与他约定的，在学校的起床钟敲响之前半个小时，他来叫醒我。当时，为了能考上大学，我只能这样孤注一掷。我在看到袁老师那神秘眨动的眼睛的同时，也看到了明亮得有点儿过分的窗户，还有房顶上随风摇曳的尘吊。我马上意识到：下雪了！而窗户上嘭嘭直响的塑料布，也在提醒我：还有风呢！

外面一定很冷很冷啊；而我的被窝，正热着哩！

这温暖的被窝像温柔的魔鬼，努力地劝说着我，让我忘记与老师的约定，使我坚挺的意志开始偏瘫。最终，热被窝赢了。我猛地把脑袋缩进热被窝，嘟囔了一句：“让我再睡一会儿，再睡一会儿……”

“起来！没，出，息！”被窝外头，突然响起一声短促而低沉的怒吼。

我呼地坐起来。不，是挺身而起！不是我在起床，而是浑身的热血把我的灵魂从热被窝里一把拽了出来。我来到门外的风雪之中。袁老师掐着腰站在那里，两肩雪花，花白的头发如一面旗帜迎风飘舞。他大步走上前来，拍拍我的肩膀，望着风雪茫茫的天空，说："天将降大任于是人也！"

我在语文课上学过这句名言，知道接下来的话是："必先苦其心志，劳其筋骨，饿其体肤，空乏其身，行拂乱其所为。"那时候，我还不知道"天"将降什么样的"大任"于我，但我重重地点点头，迎着风雪，大步走向教室。那一刻，我身轻如燕。

多少年来，那个风雪交加的凌晨，一直像一只大鸟飞翔在我记忆的天空。我千百次地设想，假若那个下雪的凌晨我没有走出热被窝，而是昏睡下去，我的人生又会是什么样子？

人的一生中，有多少个"热被窝"啊！也许，这正是上天给人类设下的陷阱。这"热被窝"，可能是金钱，可能是美色，也可能是一切名曰"享受"的东西。它挡在你面前，就像《西游记》里的女儿国、高老庄、盘丝洞等，诱惑着"取经"路上的人们。对于有的人来说，"热被窝"也许就是人生的奋斗目标；所以，一些人在人生的旅途中走着走着就安卧到某个"热被窝"里去了。

这"热被窝"很狡猾，它像女妖一样，有时候会以高雅的、文化的、哲学的面孔出现，甚至貌似"终极关怀"。它会很温柔地说，人生苦短，该享受就享受吧。这媚惑的声音，时常像气泡一样从我们心灵的湖泊中泛起。譬如，这个早上，热被窝就以一种慵懒、散淡的语气，软言软语地描述着舒适、安逸、享受的意境；这话语，犹如可口的甜酒使我慢慢沉醉。那一刻，我心灵的豹子变成了一只小狗，趴着，慢慢地喘气、昏睡，甚至低低地咕哝一声：干吗呢！

就在这个时候，我听见了那句“下雪了”的话。是提醒，还是巧合？不知道。但有一点是我终生难忘的，那就是：几十年前那个风雪交加的凌晨，我的老师来到我温暖的被窝前，用一声断喝，让我的灵魂打了个寒战，并奋然而起。

想到这里，我一个鲤鱼打挺，挣脱了热被窝，望着窗外的风雪大声说：“准备战斗！”

我，又一次走出了热被窝！

疲　倦

从梦中醒来，床头时钟的指针指向凌晨三点半。梦境瞬间破碎成一些不连贯的影像，像涟漪一般在脑子里晃荡，我感到自己有一半浸泡在黏稠的梦幻之水中。我看见我在那个梦里，正与朋友们说话。那是在一座山上，有路，有河，有桥，那些曾经跟我在一起的人，突然不见了，他们正鬼鬼祟祟地往一个地方去。

起身去卫生间，整个身体就像是一件睡衣，软软的、散散的，撑不起来，只想往一块儿卷，只想瘫软到地上。返身上床，很倦，却无睡意。这时候，明确地感到身体的存在。这种存在感，是由身体的沉重和酸困带来的。同时，也明确地感到，我的肢体和器官，像一群叛乱分子，呼喊着口号，游行，骚乱，执拗地要挣脱我的身体。我的眼前出现了幻觉：一个个肢体和器官正从我的身体之上，挣脱，飞走，整个身体似乎在朝着一个方向，慢慢地，旋转，飘移，宛如一片落叶。

躺着，还是累。

“累？”

这是意念在问询，它想知道这是怎么回事。

幸福是一种感觉，而累却是一种物质，它是酸性的，从骨头缝里、从肌肉里、从内脏里往外侵蚀，向外蒸发。它冒到哪里，哪里就开始蒸发，骨头、肌肉、器官就开始脱离身体，开始冒烟。与酸痛相伴随的，是一种下沉的感觉，好像身体不是躺在床上，而是在往一个说不清的地方下沉。胸腔，感到已经支撑不住了，仿佛正在沉陷的大地，不由自主地往后背挤压。

灵魂却睁着眼。灵魂对肉体说：“哎呀，不行了，你起不来了。你看，真的，你起不来了。”灵魂像一个爱唠叨的老师对待懒惰的学生那样，不断地开导着，以一种毋庸置疑的语气说：“你不起来不行啊，在这个世界上，还有许多事情要做。天就要亮了，天亮了，就得起来，你要工作，有许许多多事情在等着你呢！”而身体——骨头、肌肉、内脏们却像一摊泥，像霜打过的红薯秧儿，像强行军之后的战士，任你怎样用力去扶、去搁、去训斥和踢打，却都不能使之站起来。不是说人是“会思考的芦苇”吗？此刻，这棵芦苇是干巴和空虚的，它还可以思考，而枝干却没了水分，也就是没有了精气神，就像春天的萝卜，发糠。

这是怎么回事呢？灵魂在问，身体也在问。

灵魂捏着身体的耳朵，对它说：“你难道真的不知道这是怎么回事？”说着，灵魂把身体一天的行为，像放电影一样回放给身体看。

这是上午上班时间。电话，就像是嗅见腥气的苍蝇，尾随着“身体”的脚步围了上来。于是，“身体”成了一台说话的机器，以亲切的、严厉的，温柔的、冷漠的，含混不清的、明确无误的，兴致盎然的、颇不耐烦的，喜出望外的、沮丧低沉的，唯唯诺诺的、趾高气扬的，豪爽的、暧昧的……不同的语气，说，说，说，不停地说。通常是，座机正在忙着，手机响了，“身体”立马像接线员那样同时跟两个人说话；甚至，一手拿着听筒，一个肩膀夹着手机，腾出一只手来在纸片上飞快地记录。这期间，会有人突然出现，就像从地缝里钻出来似的站在“身体”面前：从遥远的家乡、从对面的办公大楼、从异乡的城市或乡村、从说不清道不明的什么地方……来了，来了。这些人是鞭子，“身体”就是陀螺，“鞭子”一出现，“陀螺”就得转上大半天，甚至是好几天。

中午——哦，今天不错，总算没人约饭局——正准备下班呢，电话又响了，是领导——当然，也可能是朋友——说是临时有个饭局。“身体”在心里不情愿地嘟囔着，却还是去了。吃饭，说闲话，很高兴的样子，甚至显得很机智、很幽默，让人感到这“身体”实在是棒，精力旺盛，生动可爱，简直是金刚不坏之身。可是，等到离席的时候，“身体”早就忘了吃了些什么、说了些什么。午休？那怎么行！你看，又到了下午上班的时候。这时候，脑子发胀，两腿发软，“身体”感到一种叫作酸困的东西像潮水一样漫上来，漫过膝盖，一点点往上去。

下午下班的时候，一切正常，平安无事。“身体”很庆幸，终于可以轻松地回家。突然，手机响了。先是心里咯噔一声，接着手就有点儿发抖：是单位打来的，说是有一个紧急通知，得连夜布置任务。那么，走……吧！吃饭？算了，赶紧准备一下。哦，先琢磨一下，是什么事儿……所剩不多的那点儿精力立即像泡沫那样膨胀起来，“身体”俨然变得斗志昂扬。

沿着夜色与灯光交织的甬道回家，“身体”的影子变得长长短短、摇摇晃晃，两腿像蹚在河水里，走路成了一种需要努力的事情。脑袋里像是灌满了糨糊，两眼发涩，“身体”的主要精力用在睁眼上。此时，灵魂不由自主地跑到“身体”前头去了，远远地站在那里等着身体跟上来，这让“身体”感到很是羞愧。

其实，那个叫作“灵魂”的家伙，境况也好不到哪儿去。当“身体”很“疲”时候，它也“倦”了。最讨厌的是，当“身体”瘫软在床上，好不容易睡去，“灵魂”这家伙又悄悄爬起来，拉起“身体”在一个虚拟的时空里慌慌张张地奔跑、折腾，甚至比白天还忙、还紧张。

这就是“疲倦”，或者叫“累”吧。想来，上天当初在造人的时候，就悄然把这个叫作“疲倦”的东西植入人体里了，就像给犯人戴上了电子镣铐一样，否则，怎么会人人都叫喊着“累”呢？

莫非这是人的宿命？谁知道呢！

老鼠算命

一个朋友死了，年仅三十六岁。

他能干，热心，人缘好，领导、同事和亲友都舍不得他，大家相约去殡仪馆为他送行。在前往殡仪馆的大巴上，人们的话题不由自主地就集中到他身上。这个说："早都劝过他：你肝脏不好，不要熬夜，不要喝酒，要注意休息，他就是不听，你看，弄到这个地步……"那个说："他在媒体工作，任务那么重，还要值夜班，那也是身不由己啊。再说了，他那么会来事儿，朋友多，应酬也多……"另一个说："他就是进取心太强，整天跑得跟兔子似的，慌得跟老鼠似的，什么都想要，现在两眼一闭，落了个啥？"

到了殡仪馆，追悼会还没开始，大家站在广场上继续着此前的话题。我们这些活着的人，一个比一个明白，一个比一个深刻，一个比一个智慧，似乎早就参透了人生，一边议论一边相互提醒：想开点儿，看淡点儿，活着就好啊！这情景让人觉得，这位死去的朋友简直就是一位行为艺术家，他是在以自己的死亡为我们演绎一部以生死为主题的正剧；而活着的我们，正以此为论据进行着一场“向死而生”的宏大思考。

追悼会开始了，单位领导给他致悼词。不愧是新闻单位的，悼词写得很好，用事实说话。说他出身于一个偏远乡村的农家，靠勤奋好学考上名牌大学；说他分配到报社之后，先后任编辑、记者、部门副主任，在每个岗位上都成绩优异，获得过中国新闻奖和“五个一工程”奖，连续多年被评为先进；说他政治素质很高，驻过村，到过抗震救灾一线，多次荣获嘉奖；说他社交能力和办事能力很强，为报社的发展也为许多朋友和同事做出过特殊贡献……在声声悼词中，在阵阵哀乐里，这位朋友的音容笑貌和令人难忘的事迹像天上的太阳照耀着我们、温暖着我们，仿佛他已然挣脱了死神，化作一部名为“好人”的纪录片在我们眼前快速而生动地播放。

与遗体告别的时候，我看见躺在水晶棺里的逝者，眉间皱纹依然深刻，好像深陷于一个纠结的梦境，或是正在思考一个费解的问题。记得在他去世之前，我去医院看他，一向争强好胜且极爱面子的他，拍着病床栏杆失声痛哭：“我啥都不要了，我只想活着！只要让我活着，我愿意去坐牢、去挖煤、去背石头……我不想死啊！”他说，老婆年轻，孩子太小，他舍不下他们。

老弟啊，知道你走得不甘心啊！

此时，说不定在另一个世界，他正与死神进行着激烈的争吵和纠缠；要知道，他可是个不达目的决不罢休的主儿。可是，他到底拗不过死神。他走了，十分不情愿地走了。阵阵哀乐，宛若句句带血的抗议、声声含泪的哭号。

此时，小他十多岁的未亡人，已将声嘶力竭的号啕减缓成断续的抽泣。她的双眼哭得像两只红樱桃，在亲友的搀扶下摇摇欲坠。

此时，一个三四岁的男孩儿，正手执一朵不知从哪个花圈上拽下来的纸花，在吊唁的人群中欢天喜地地奔跑。他，正是死者的娇儿。他全然不明白眼前发生了什么，不懂得妈妈为何啼哭，不知道这么多人在这里干什么，更不知道自己已经是一个没有父亲的孩子！

面对此情此景，许多人痛哭至失声。

哭声，啜泣，叹息，低语，一如秋冬的冷雾，弥漫在吊唁大厅里。阴冷、悲伤、虚无的气氛刺激着、荡涤着我们的灵魂。此时，我相信，在场的每一个人真的已经洞悉了命运的奥秘并且完全了悟了生死，内心变得清澈与深刻起来。我仿佛听见一个声音在大厅里——不，在心头——回荡：面对死亡，一切都是虚妄！

此刻，我们都是哲学家，我们彻底弄清了生存的意义。

仪式结束了。我们擦着眼泪走出大厅。

阳光依然明媚，街上依然车水马龙，人群依然熙来攘往。走出殡仪馆的人们长长地吐一口气，仿佛从噩梦中豁然醒来，僵硬的心像惊蛰之后的虫子开始缓缓蠕动。

登上返程的大巴，还在想着那位死去的朋友，但心情已经不像刚才那么沉重了。大伙儿正从失去朋友的哀恸中回过神来，脸色渐渐明朗，语调趋于爽朗和轻松。不过，哀伤的余绪犹在，沉重的思考犹在，离开殡仪馆老远了，大家还在相互提醒：想开点儿，淡泊点儿，干吗呢！

突然，一个人的手机响了。接着，另一个人的手机响了。一会儿工夫，手机铃声与通话声宛如乡村清晨的鸡鸣，此起彼伏。大家仿佛从太虚幻境回到人间：哎呀，有恁多事情在等着呢——中午饭局、晚上酒宴、与朋友见面、与客户商谈、准备竞争上岗的演讲发言……哦，对了，晚上还要值班！几乎每个人都从沉思默想的思想者瞬间变成轰鸣的马达，又开始高速运转起来。

此时，我想起一则童话。

老鼠在托生之前，跟老天爷谈条件："必须给我一种特殊本领，保证我不被猫吃掉。否则，我这么弱小，怎么在世界上混？"老天爷答应给老鼠占卜的本领，许诺老鼠每天在出洞之前抬起一双前爪捋着胡子，能精确地算出哪里有猫、何时何地潜藏着凶险；但前提是老鼠的前爪不能落地，一旦落地，就会把占卜的结果忘个一干二净。原来，老天爷是在为猫留一条生路——如果老鼠能掐会算，每一次都能躲过猫的追杀，猫岂不都要饿死了？

这个故事是我从父辈那里听来的。那时，我年龄尚小，听了这个故事之后哈哈大笑，觉得老鼠真傻：你前爪不落地，或是不出洞不就得了？后来，我终于明白：老鼠要想活着，岂能总是待在洞里不出来？要觅食，前爪岂能不落地？这是一个悖论，是老天爷为老鼠设下的圈套。

不过，仔细琢磨一下老鼠算命的童话，我还是受到一些启发：让我们在滚滚红尘中拼命奔波的时候，偶尔抬起思想的爪子，让灵魂喘上一口气，就像这天我们在殡仪馆所经历的这样；然后，再回到生活中去，就像我们此时此刻所经历的这样。如此一来，说不定我们人类的命运会变得好一些？

想到这里，心中猛一轻松，对人类的命运又有了一些信心……

规　　则

四个人，两男，两女，在黄河大堤下的一个树林里打扑克，男女搭配，打“双升”。

起牌。出牌。一开始，很正常，后来就乱了。

打破这种秩序的，是一个女人。还没有轮到她出牌，她突然喊了一句：“毙了！”

声音未落，另一方的男子猛然把手中的牌收起来，啪的一声摔到牌桌上：“违规，这一盘不算，重来！”

“你咋能这样啊？你的牌不好，也不能这样啊！”

“打牌得有打牌的规矩，你怎么能故意透露信息啊？”

经过一番激烈争论，终于达成协议：制定规则，约法三章，谁透露与打牌相关的信息，立即作废重来。

重新洗牌、起牌，一切回归正常。突然，有一个人说了一句：“这牌不赖。”

“啪！”对方那个男子把牌摔到桌上，说：“重来！”

“你讲不讲理啊，我说啥了，你又重来？！”

“你透露了信息。”

“我怎么透露了信息？透露了什么信息？”

“你说‘牌不赖’，是不是透露信息？关键是，你这个信息还很重要：不但极大地增加了你对家的信心，使他出牌的时候更加有恃无恐，而且严重地瓦解了我们的斗志，甚至可能直接导致我的对家精神崩溃。”

“天啊，过分，过分！”

“咱们可是有言在先，要严格执法！”

“那好，我干脆不说话，行了吧？”

“那倒不一定，说点儿与打牌无关的话还是可以的。”

这时候，对家正在起牌，那位女士啪的一声把牌放下，大声说：“重来！”

“老天爷啊，你咋这样？你你你……我说啥了，你要摔牌？”

“你说了‘牌’这个字，这不是与打牌相关的信息吗？”

“那好，咱们说话都不准带‘牌’字。来，我就不相信了，开始！”于是，重新起牌。

大家都紧闭双唇，咬紧牙巴骨，皱着眉头，很严肃地起牌。在吸取了多次教训之后，这次大概真的要打完一局了。

起完牌，平安无事。谁知，就在刚刚准备出牌的时候，其中一个女士以无比欣喜的语气说：“啊，这次可真是要赢了！”

“要赢了？赢啥？”

“赢牌啊！”

“啪”，对方那个男子把牌摔在了桌子上：“重来！”

“又咋啦？”

“我问你，刚才说的啥？”

“我说赢了。”

“还有。”

“我只是说‘赢了’。”

“赢啥了？”

“哦，当然是赢牌啊。”

“这不结了？”

“你你你……简直是诱供！”

“诱供？谁让你禁不住引诱？这一引，你不仅说了一个不该说的动词，而且说了一个更忌讳的名词，很严重！”

“天啊，我十八张主啊……唉唉唉！那好，我记住了。我竖起耳朵听着，看你说不说，我就不信了！重来！”

又是重来。又是起牌。

一切正常，没有一个人胆敢说出与打牌相关的字或词。亮完主，扣了底牌，刚才要求重来的那个男子很兴奋，踌躇满志地举着手里的牌，一副胜券在握的神情，高声说了一个字：“出！”

“啪”，对方男子把牌摔了，说：“重来！”

“咋啦？！”在庄上的这个男子脸都憋红了，眼瞪得像鸡蛋：“我我我……说啥了？违了哪一条规？你说！”

“你再重复一下刚才说的那个字。”

"出！咋啦？"

"'出'，肯定是出那个东西，对吧？"

"出牌啊，咋啦？"

"好。这不是与打那个东西相关的信息吗？"

"刚才我可没说那个词啊！"

"还用我强调吗？那是潜台词！"

"天啊，欲加之罪，何患无辞！"

规矩一次比一次严格，对对方的要求也越来越严厉，到底没能打完一局。有几次，差点儿就要打过去了，但都是在最后的时刻被对方揪了把柄，把牌摔了。一方欲哭无泪，而另一方则笑得前仰后合。

有几次，损失惨重的一方发誓不再说话，只用眼神和手势，来一个"打牌以目"。

这也不行。对方突然提出抗议："你挤什么眼啊？"

这一方认为绝对没有违规，就理直气壮地说："我可没有说话啊！"

"你眼睛说了。"

"我眼睛说啥了？"

"你眼睛说那个了。"

"说啥了？我眼睛会说我有几张'主'？"

"呃，这不结了？你到底还是说出来了。重来！"

对方大呼上当，而成功"诱供"的一方则一跳老高，大叫："这就是引蛇出洞，引，蛇，出，洞！"

从制定规则到开始打牌，一直闹腾到太阳落山，这几个人没能顺利打成一局牌。在回家的路上，那几个打牌的人，一个人指着另一个人恍然大悟地说："我算知道啥叫'有法不依'了。"另一个反唇相讥："这叫'议会斗争'，你懂吗？"

他们搂着肩膀哈哈大笑，就像电视剧里一帮外国政客。

“春不老”的老

此刻，母亲像个听话的孩子，一口一口小心翼翼地喝着钡餐溶液，之后，在我和妻子的搀扶下慢慢地躺在医院造影机白色的平板床上。这时候的母亲，头发灰白，皱纹像一根根细线勒进面部臃肿的肌肉里，没有皱纹的地方胀乎乎地鼓着。她闭着眼，身子一动不动。一刹那，我有一种不祥的感觉：老妈她……莫非……？想起许多次在殡仪馆里见到过的那一幕：白发苍苍满脸皱纹的老人，静静地躺在水晶棺里。我知道，产生如此联想是一种大不敬，当儿子的，实在是不应该。但在那一刻，我却不由自主地联想到了平时怎么都不敢想的那一幕。就是在这一刻，我真切地意识到：母亲，老了，真的是老了。

再过几天，就是母亲八十五岁生日。

此刻，机声嘤嘤，母亲的身体在造影机里进进出出，我和爱人在一旁紧张地端详着母亲。一会儿看到她那白发苍苍的头颅；一会儿看到她那凸起的腹部；再一会儿，看见她那严重变形的“解放脚”和细得像镰刀把儿一般的双腿……有那么一刹那，我恍惚觉得眼前躺着的不是我的母亲，而是一位陌生老人苍老的躯体。

眼前这个人，怎么可能是我的母亲呢？

我的母亲，她总是生机勃勃，让人坚信：她是永远不会老的。我开始懂事的时候，她四十岁出头，白里透红的苹果脸怎么也晒不黑，长期的风吹日晒，只是让她满脸的红润更加深重一些罢了。街坊邻居跟她开玩笑，叫她“春不老”。“春不老”，是我家乡那一带的一种青菜。这种青菜之所以被叫作“春不老”，大概是因为当别的青菜都老了的时节，它依旧可以保持绿莹莹、嫩生生的状态。这个绰号用在我母亲身上是很合适的。记得她直到五十多岁，脸上还是没有一丝皱纹，看上去就像是三十多岁。到了七十多岁，她的眼睛依然清澈，嗓音依旧清亮。对了，她年轻的时候曾长期居住在一家戏院隔壁，天天听戏，也就成了戏迷。在没人的时候，她时常会哼上一段或是唱上几嗓子；直到现在，她还能哼唱全本的《天仙配》。

眼前的这个人，怎么可能是我的母亲呢？

我的母亲，她的身体里似乎蕴藏着永不枯竭的力量和无穷无尽的精力。在乡间凹凸不平的土路上，她健步如飞，跟男人一样挑着沉重的担子，像牛一样拉着千斤重的板车。她白天下地干活儿，夜里坐在纺绳车旁纺大半夜绳子。每个夏天，她的脊梁上都会生满痱子，到了秋天，痱子下去了，她的脊梁就会蜕下一层皮。每到冬天，她的双手总是裂满了血口子。她的手指变形，指甲开裂，十个手指的指甲曾经齐刷刷地被冻掉过，看上去已经不像是人的手。一年四季，没见她歇息过一天，她从来不懂得啥叫“午休”。记得有一天，邻居卢大伯实在看不下去，对我母亲说：“老柴，你都忘记你是个人啦！连牛也有躺下歇歇的时候，你啊！”我母亲苦笑着说：“娃儿们还小，家里穷，不能歇啊。”

眼前的这个人，怎么可能是我的母亲呢？

我的母亲，她从来不曾倒下过。她总是忙，忙得没工夫生病，在我的记忆中，她从未吃过药、从未打过针。小时候，我也曾无数次听到母亲在黎明前的夜色里叹息：“哎呀，浑身疼，百骨百节都散架啦，凑不到一块儿啦！”可是，每天天不亮的时候，她总是挣扎着爬起来。她说：“想着再也爬不起来啦，呃，蛄蛹蛄蛹，爬起来，活动活动，骨头就又凑到一块儿啦！”她对于“干活儿”这个词有着自己的解读：“人啊，天生就是干活儿的命。干活儿，干活儿，不干就不得活。”对了，我的母亲，不仅身体强壮，在精神上也是傲岸不群的。认识她的人都知道，她，不好惹。记得小时候有一天早上，我们一家人蹲在临街的屋檐下吃饭，住在我家对门的一个人打我们跟前经过，当他走到我面前的时候，突然停下脚步，用手关节敲着我的头，骂我是“坏家伙、小土匪”。他这样骂我，大概是因为前不久我跟他的儿子打过架。那人的举动引发了我母亲的愤怒，她像护犊的母狮一般忽地站起身，用右手捏着的筷子指着那人的鼻子大骂，将左手端着的饭碗猛地砸在他的脚面前。哈哈，吓得那个家伙一跳老高，狼狈逃窜！

眼前的这个人，怎么可能是我的母亲呢？

我的母亲，可是有一个可以消化钢铁的胃啊！她的胃里，装过树皮、草根，甚至泥土。下地干活儿回来，渴了，从缸里舀一瓢凉水，咕咚咕咚喝下去；饿了，盛一碗冰凉的剩饭，呼呼噜噜吞下去。为了探望我那关在冤狱里的哥哥，我的母亲，身无分文，背着一袋子红薯面窝窝，翻山越岭，风餐露宿，徒步数百里。饿了，啃几口发酸长毛的黑面窝窝；渴了，喝几口沟渠里的水。即使这样，她的胃也未曾溃疡，更不曾穿孔，顶多偶尔吐几口酸水，她不当回事儿，也就过去了。

那么，我的母亲，她是从何时开始“老”起来的？

此刻，面对躺在造影机上的母亲，我的思绪闪电般翻检着过往岁月。突然，我回忆的脚步停在了大学毕业那年春节的前夕。那时候，我分配在一所山区学校教书。放了寒假，我带着积攒下来的一百元钱和学校发的一纸箱子年货回家。当我把年货重重地放在我家的堂屋里，从衣服兜里掏出那一百元钱递给母亲的时候，她的眼睛里放射出惊喜的光芒，她低下头，轻轻地叹了一口气，说：“唉，再也不怕过不去年了。”随着那一声叹息，我那刚强的母亲，就像是一个经历长途跋涉之后终于放下担子的挑夫，浑身一轻，绷紧的身子骨悄然松弛。我听懂了她的潜台词：往后的日子，不用太作难了。现在想来，那轻轻的一叹，是否可以看作母亲走向人生老景的开端？

其实，那时候的母亲，只是放下了供儿子上学的担子而已，她的意志并未松懈，她依然要强。我调到省会郑州工作之后，第一件事就是回老家接母亲过来养老。她不同意，说是丢不下家里那几亩地。我知道，她真正的心思是，担心我刚参加工作，收入低，不想增加我的负担。那时候，我的父亲已经去世多年，妹妹也已出嫁，老家空荡荡的院子里只剩下母亲一人，家里没有帮手，也没有牛，犁地、播种、收庄稼等一切农活儿全靠她一人支撑，虽说乡邻们也都愿意帮她，可事事求人毕竟不是长法。可她，依然苦苦地撑着。终于有一天，她在收庄稼的时候，独自拉着人力车上坡，她用尽全身力气，就是上不去。当时，四下无人，那装满庄稼的车子拖曳着她向后倒退，把她拽倒在地。有了这天的经历，她不得不承认自己干不动农活儿了，这才勉强同意跟我到城市里生活。

到了郑州之后，有好多年她不习惯城市的闲散生活，总是对我唠叨："唉，成天叫我抄着手吃闲饭，活着有啥意思啊？"她闹着要回家。有一次，她不辞而别，独自一人摸到了火车站，被我追上截了回来。我很生气，说了她一顿。为了防止她回老家，我卖了老家的房子，断了她的后路，从此母亲再也不提回老家的事情了。当时，我家租住在一个城中村。有一天，我发现从来不会骑自行车的母亲，竟然学会了骑人力三轮车，她要我给她买辆三轮车，说是要上街卖菜或是收废品。那一年，她七十岁。我坚决地拒绝了她的这个要求，吵她："我是养活不了你还是咋的？你这是给我丢脸！"

母亲"二次创业"的路被我堵上了，她气得在家里哭了一场。然后，她悄悄地到街坊邻居家收集包装纸箱子用的那种尼龙包装带，拿回家来劈开，编织买菜用的篮子。这一次，我没有阻止她。于是她很开心地办起了“家庭工厂”，一段时间下来，竟然编织了几十只篮子。她把这些产品拿到街上卖，竟然有人要，卖了两百多元。她拿这些钱买肉买菜，还给我买了一件衣裳，亲自监督我穿上试试。那一刻，她开心得像个得了奖状的孩子。这时候的母亲，依然没有老。她经常说，一个人只要还干得动活儿，就不算老，到一百岁也不算老。

后来，我家有了自己的房子，搬到小区里住了。在这里，家家户户整天都是关门闭户的，母亲想串个门，却无处可去，想找人说说话，也找不到愿意听她说话的人，甚至连寻一些编织篮子用的尼龙包装带也已不可得。刚搬进新居的时候，母亲说:“你们上班忙，洗衣服做饭这些杂事我来干。”有一次，她试着打火做饭，打了几次打不开，教了她几次，她仍是没学会使用煤气灶。我怕她闹出火灾，就不让她做饭了。她要洗衣服，我说:“家里有洗衣机，就不用你手工洗了，累人，还洗不净。”母亲听我这么说，脸上露出可怜巴巴的神色，垂着手站在那里，转来转去不知所措，我分明感到她内心的落寞。从那以后，无事可做的母亲，吃了饭，先是在家里转转，等我们上班之后，她就到院子里走走。她不习惯看电视，因为听不懂普通话。每当我从外面回到家里，总是看见母亲趴在窗台上往外看，那样子真像是笼中鸟和监狱里的囚犯。母亲不止一次地叹息:“我成了犯人啦，成了只会吃饭的活死人啦！”我既纳闷又无奈：我这分明是要让母亲享清福嘛，她却为何有这等感受？那么，我该怎么办？

几年前，我家安装了一种先进的防盗门。我手把手地教她开门、锁门，费了好大的劲儿，总算教会了她。可是，有好多次，母亲从外面回来，拿着钥匙却打不开门。母亲埋怨这新玩意儿不好使，从那以后她再也不敢带着钥匙独自出门了，偶尔出去走走，出门的时候总是一再交代："给我留住门啊，给我留住门啊！"有一天，爱人和孩子不在家，我在外面有应酬，突然接到邻居打来的电话，说是我母亲被关在门外进不了家了。我急忙赶回来，发现母亲正可怜巴巴地坐在我家门前的楼梯上。看见我，母亲就像受到委屈的孩子，差点儿哭出声来。她说："在屋里闷得慌，想出去透口气，刚出门，风把门带上了。我在院子里转转，想着你们下班的时候就会回来，一直等到天黑还是不见你们回来！"从那以后，母亲干脆一天到晚不再出门。

从那以后，母亲的脸色一天比一天苍白，脸上的皱纹也一天比一天增多，连眼神也一天比一天暗淡起来。再后来，母亲的步履一天一天地迟缓下去，她的瞌睡也多起来，一天能睡十多个钟头。

唉，眼看着我的母亲，就这样，一天一天地，老去。

此刻回想起来，是我，以爱的名义——当然，也是以我那天地可鉴的孝心——一步一步把母亲推向了老景！

看着母亲如今衰迈的样子，回想母亲一步一步老去的过程，我悚然一惊：但愿我能绕开那一个个温柔的陷阱，但愿我不被儿孙或任何人以孝心和爱心的镣铐囚困，但愿……但愿……在我八十五岁的时候，依然可以抚摩着打开的书本进入某种冥想，或是戴着VR头盔在虚拟的宇宙间漫游，为一些自认为有意思的传闻哈哈大笑，为一些自认为有意义的事情忙得晕头转向！

就在我胡思乱想的时候，母亲的检查结束了。当我和妻子把母亲从造影机上搀扶下来的时候，恍惚间，我看见了母亲身后那个黑色的影子。我认出了它，并在心里狠狠地诅咒它；可那个影子，却显得理直气壮，分明是带着一种半是挑衅半是悲悯的神情在审视我。我移开了与它对视的目光，想回避和摆脱它，却又分明感觉到那黑色的影子已经部分地覆盖了我的母亲，并不远不近地跟着我；更可怕的是，那黑色的影子，正在不可抗拒地渗进我的身体和灵魂。

天啊，我已经确切地知道它是谁，却又无法摆脱它！

当搀扶着步履蹒跚的母亲走出医院的时候，我猛然转身，朝着那个跟在母亲身后——也是在跟在我身后——的影子，迎面走去。这，也许正是摆脱它的办法；当然，这也可以理解为与它的一种和解。我笑了笑。母亲看着我，也笑了笑。

与乞丐对视

一个乞丐，无臂，在本该是手臂的地方长着两个像肉瘤一样的东西，像两块烧红薯，朝天空举着，当然，也是朝行人举着。这是在武汉的一个过街天桥上。当时，我和妻子、儿子正说说笑笑地到一个商场去，天桥是必经之路，于是就与这无臂乞丐遭遇了。

看不出他穿的是什么，似乎是套着一件像被子一样的东西，这使他看上去就像是一只把头伸出草窝的鸟儿。看不出他的年龄，整个人简直就是一堆胡乱扔在那里的垃圾。就在这堆“垃圾”里，在两个烧红薯似的肉瘤之间，浮现了一顶针织的黑色帽子；在帽子下方，两只眼睛黑亮，像双管猎枪的枪口，直逼行人。

我停下轻快的脚步。

是乞丐的眼睛让我停下来的。

我见到过太多乞丐，见过太多双乞丐的眼睛，那些眼睛大多是空洞的、黯淡的、躲闪的，软弱的目光里写满乞怜；而眼前这个乞丐的眼睛却像锥子、像荆棘、像枪口、像从山崖上突然跳出来的土匪，拦在我面前，让我悚然一惊。我分明听见这眼睛在大声吆喝：“喂，伙计，看见了吗？看见这个没有胳膊的人了吗？咱们是同类，你的胳膊挽着妻儿，你的手里拎着那么多好吃的、好喝的、好玩的东西；可我，没有胳膊、没有手，什么都没有。嘿，也不是什么都没有，我有一个罐头盒子，就是面前摆着的那个，可它，空着！你走吧，从一个乞丐面前、从一个活生生的却没有胳膊的躯体面前、从这只像饥饿的嘴巴一样空空荡荡的罐头盒子面前，走，过，去，心安理得地走——过——去吧，一双眼睛，正从地狱里看着你！”

我几乎是本能地把手伸向自己的衣兜。就在我弯腰把几枚硬币当啷一声投进那只罐头盒子的时候，我的目光再次投向那乞丐。乞丐木然的脸上没有浮现出感激的笑容，紧闭的嘴唇没有吐出“谢谢”之类的话语；他甚至没有看我一眼，也没有看他眼前那个罐头盒子。他望着天，好像在看天上的什么人。那眼睛像两个反光镜片，很亮，却又空茫，就像大雪纷飞的天空，就像白茫茫的雪地。是宠辱不惊的坦然、淡然、超然？不是。那么，是什么呢？是木然，又像是在对上天发出不依不饶的质问。

一个乞丐，竟然会有这样的眼神！我心灵的某个地方，猛地抽搐了一下。

多少次，面对像蠕动的垃圾堆一样的乞丐，我总是情不自禁地萌生这样的想法：这样的人，还算是“人”吗？如果还是人的话，他的人生有什么意义？我从小接受的教育，使我抱持这样的信念：人活着，就必须劳动，必须创造价值；否则，你凭什么活着？所以，面对身强力壮的乞丐，我从来是不愿施舍的。但今天，我面对的是一个残疾人，他用残疾的肢体拷打我的恻隐之心。我经受不住拷打；更重要的是，眼前这个乞丐投向天空的眼神，使我第一次感受到一种对上天、对命运的质询："天啊，既然把我生到人间，为什么不给我健全的肢体？为什么拒绝给我——或是残酷地剥夺了——作为人应有的一切？既然如此，又为何偏偏让我有呼吸、有饥饿和痛苦的感觉？"如果我的猜想是对的，那么，就应该重新思考人生意义的问题了：也许，对于有的人来说，所谓"人生意义"只是一个伪命题，活着，就是人生的全部意义。

大概是发现我一直在看他，那乞丐就把眼珠子转向了我。从他的目光里，我读到了陌生和拒斥，仿佛是一块"游客止步"或"非请莫入"的牌子挂在他的眼帘上。是的，这双乞丐的眼睛，是幽深的洞穴，里头藏着什么，外人不知道，也不可能知道。我突然感到，我们站在同一个天桥上，却分明属于截然不同的世界。我想到了庄子那句著名的话：子非鱼，安知鱼之乐。于是，我又想：就像没有必要问青草和绿树"为什么生长"一样，我们有必要问一个残疾乞丐"人生的意义是什么"吗？

刚才，我抛出了几枚硬币，是为自己的灵魂留下了"买路钱"；现在，我可以心安理得地回到我所生活的这个多姿多彩的世界，与妻儿一起说说笑笑地朝前走去，就好像什么事情都没有发生一样。当然，没有忘记顺便教育一下儿子：“你看，那个乞丐可怜不可怜？”七岁的儿子回答说：“可怜。”

我没有再说什么，而是迈着坚定的步伐走向繁华的大街。等我偶尔再次想起那个无臂乞丐的时候，心中涌起的是同情和怜悯，是施舍之后的满足感和自我评价中的高尚感；当然，还有面对别人的苦难和不幸之时，对照自身处境而产生的庆幸感。显然，那个乞丐成了人生和命运的一面镜子。这，也许正是那个乞丐存在的价值和生存的意义？

低头是岸

这是三月底的一个早晨。

这一刻，没有紧急的公务要执行，没有烦心的问题纠缠，没有棘手的事情要处理，手机没响，领导没传唤，甚至，没有一丝风，我肩挎手提电脑，走在上班的路上。所谓“在路上”，也只是穿过一个花园似的院子，朝上班的大厦走去。“走去”？不，没感觉到是在“走”，整个人就是一段轻音乐、一声随口吹着的口哨，散漫，轻松；或者，干脆就是一朵悠然飘动的云。

不知不觉，脚步与大脑都慢下来了。这一慢，我恍若闪身来到另一个世界。真的是“另一个世界”：呃，脚下，院子里，满世界……都是阳光、阳光、阳光，明明亮亮，清清爽爽。我好像是第一次来到这个世界，发现这世界有一种叫作“阳光”的东西。世界，突然美得有些陌生：这是我天天见到的景致吗？

草坪，毛茸茸的，像嫩绿的油彩从地上涌上来，晕染开去，还带着星星似的露珠。盯着草坪看，突然就有了一种不真实的感觉：草，怎么会绿成这个样子！

树，这些树，什么时候就长在这里了呢，什么时候就长得这么高、这么粗了呢？香樟、玉兰、桂花、槐树、牡丹、月季、蔷薇、棕榈等，好像突然从什么地方冒了出来，亭亭玉立地站在那里，该发杈的地方一定发杈，该有叶的地方一定有叶。在太阳底下，树们带着一条条影子，很立体地站着，就像一群演员站在舞台的灯光下。树们，是从什么地方专程赶来参加演出的吗？

蝴蝶花，这东西，绝对不是花。看她翩然欲飞的样子，就知道她是精灵，是某些女子的精魂。瞧，她脸儿羞得通红，正有什么话要说，却又难以启齿。那样子，那神态，让人情不自禁地猛然转身，想看看是不是真的有一群蝴蝶样的女子躲在那里，一直把人往梦里追。

菟丝，正沿着木架往天上去，似乎是正在专心致志地编织绿色之网。你说，它仅仅是一种植物吗？那高昂的脑袋，分明是大地伸出来的天线。这是大地正在跟天堂通话吗？

棕榈，在招手呢。它说："嘿，你好啊！"这个爱激动的家伙，见人就招手，动不动就鼓掌。看它的模样和表情，你就知道，植物真的通人性呢。

还有鸽子，还有喜鹊，还有麻雀，它们在路边草坪上或是在树枝上很活泼地跟我打招呼。对了，它们一定记得我，记得我走路的样子、说话的声音；只可惜，我听不懂它们的话语。

天空，高楼，似乎是从某个晦暗不明的地方猛然蹦了出来，在我眼前活跃起来、鲜艳起来，就像刚刚挂出来的一幅风景画。我知道，它们早就在那里了，只是今天我才真正“看”清了它们的样子：天，可以这么蔚蓝、这么纯净，我突然明白它为什么被称作“蓝天”了；四周的高楼，不仅仅是高，还有那穹隆状、金字塔状、火箭状……的楼顶，还有玻璃幕墙、形状各异的窗子以及它们的反光，这一切都像一支支画笔，在天幕之上描绘着这个城市的天际线，仿佛是在为“现代”这个词下定义。此时，甚至连甬路边上的路灯、路牙、地砖，也显得那样美丽与精致。

你看这个世界！

你看这个世界！！

这个美得令人感到陌生的世界，这世界上的景致与细节，是今天才存在的吗？显然，不是的。那么，此前它们在哪儿？

一个人迎面走来。我突然明白了，答案就在这匆匆的脚步上：莫非，是匆忙的脚步把这个世界的许多景致和细节走丢了？诗人叶芝说过，那些全速奔跑的人，既没有脑袋，也没有心灵。你看，奔跑的脚步都能把人的脑袋与心灵跑丢，何况景致与细节？至少，当奔跑的脚步拉着我们的眼睛飞跑的时候，心灵是无法对这个世界准确对焦的。

是这样吗？我说不准。但可以确信的是：这个世界上的人——至少是我看到的人——好像都很忙，都在抻着脖子往前赶。这个“前”，是个什么地方呢？是人们所说的那个“彼岸”吗？

突然想起一句话：回头是岸。

其实，用不着“回头”，只须放慢脚步，并稍稍低下头来，看看身边的景致，你会发现：“岸”，就在自己脚下，就在此时此刻我悠然走过的这个院子里……

长着尾巴的人

晚上九点多钟，我们一家三口说说笑笑走出香港名店街。

“香港名店街”，不是香港某条遍布名店的街道，而是郑州经三路上一家超市的名字。此处离我家不远，吃了晚饭，觉得烦闷，就带着九岁的儿子到这条街上一家暖气很足的书店里转悠，翻翻书。到了儿子复习英语的时间，我们就离开书店往家走。在霓虹灯交错的光影里，街道，像一条彩色河流，蹦蹦跳跳的儿子恍若这河流中一尾斑斓的小金鱼。

就这样轻松地走着。当我们来到一个路口，在一个路灯杆子旁等红灯的时候，一个黑色人影猛然从光影之外的暗处闪出，随即传来一句含混不清的话语：“要烧红薯不？烧红薯……”我趔趄了一下，循声看去，看到一个人站在我右肩错后的地方，朝我微微弯着腰，与我若即若离。这时候，我看清了他的模样：他的个子比一只大猴子高不了多少，布满皱纹的脸就像是被揉皱的破纸，头戴灰黑色针织帽子，穿着一身皱皱巴巴已经辨不出颜色的衣服。

“烧红薯，要不？烧红薯。”他又说。

我没有搭话，只是警惕地瞥了他一眼。我见过不少卖烧红薯的，都是在街边支个炉子，沉默地翻腾着红薯，让烧红薯的香气去招徕顾客，还从未见过追着人兜售烧红薯的。他的举动让我感到有点儿怪异，甚至给我造成某种轻微的惊吓。看看他的身后和四周，并没有见到烧红薯的炉子或摊位。也许是为了防范城管人员，他把烧红薯的炉子放在某个黑暗的角落里了吧。我急忙摸出钱夹子，胡乱掏出几张零钱，看也没看就朝那黑色的人影递过去。那人迟疑地伸出手来，却没有急于接钱，而是咕哝了一句：“我给你称……称红薯……”没等他说完，我把钱朝他塞过去，也不知道他接住了没有，就逃也似的走开了。

过了红绿灯，我如同甩掉了一个“尾巴”，本能地回头瞥了那人一眼。他依然站在街那边的马路牙子上，朝我招着手，像是在招呼我过去拿烧红薯。这时候，在夜空中，不，是在虚空中，幻化出一张不断放大的脸，大得就像是一片冬日的田野。是的，那脸就像是布满了土坷垃的田野，上头胡乱堆放着干枯的白菜和霜冻过的皱巴巴的红薯！

我觉得已经摆脱了那个小贩，可是，就在我回家的路上，总感到他依然在跟着我，成了我的影子、我的尾巴。这影子、这尾巴在我心里不停地幻化，延展出一个一个场景。

——在城市郊区某个黑暗阴冷的角落，一间四处透风的房子或用塑料布搭的棚子，就是他的家。早上，他推着卖烧红薯的车子出发，一张苍老的女人的脸透过门框目送着他。那女人的眼睛里写满了愁苦的期待，期待他回来的时候，带回卖烧红薯换来的一点儿面和盐巴。

——在遥远的乡下，一个孩子，踽踽走出学校大门。他已经放假，天天在村口张望，等着当小贩的父亲回家过年，盼望父亲能为他带回下学期的学费。

——夜深了，一个灰黑色的身影，推着一辆飘着丝丝缕缕烧红薯香气的车子，摇摇晃晃地回到那个像狗窝一样的地方。那个身影躺了下来，蘸着唾沫，一遍又一遍地数那几张皱巴巴的零钱。烧红薯没卖完，他就把它当作晚饭吃掉。随即，他感到有一种酸酸的东西像刀子一样割他的胃。他想，红薯这东西并不好吃嘛，可是城市人为啥就喜欢吃呢？唉，要是咱也像城里人那样能吃上肉该多好啊，胃里头有油水就不会泛酸，就不会觉得这么难受了。

想象着那小贩的处境，我和妻儿一起回到了暖气很足的家，泡上一杯铁观音，打开电视机，坐进柔软的沙发里。顽皮的儿子在我眼前晃来晃去，并没有遵照我的吩咐立马去复习英语。我很生气，突然冲他来了一句："你记得那个卖红薯的小贩吗？不好好学习，将来你就是他那个样子！"

话一出口，我猛然一惊，觉得这句话说得实在是太无耻：凭什么就认定那个小贩之所以有如此命运，是因为当年他"不好好学习"？想起小时候的一位同学，他的成绩一直比我好，可是不知道为什么，他最终还是没能考上大学。听说，他曾到广州打过工，曾经因为交不起儿子的学费而痛哭。不知道他现在情况怎么样，是不是也在某个城市里卖烧红薯？我曾千百次地想过，如果他考上大学，现在会是什么处境；如果我当年没有考上大学，如今又会是什么境况——也许，我就是今晚那个卖烧红薯的人。

我的同学……我的同学……我的同学！哎呀，那么多熟悉的面影，连同我家乡的村庄、田野、庄稼，连同割草、捡柴、拾粪的记忆，还有那个饥饿的秋雨黄昏，还有因为交不起几毛钱学费而哭泣的情景……此刻，数不清的记忆，混杂成一团模糊而混乱的影像，紧紧地拽着我。我知道，这东西，正是我屁股后头——不，是我心里——那条无形而又真实的“尾巴”；我还知道，像我这样的“60后”、像我这样从乡村走出来的人，几乎人人都长着这样一条“尾巴”。想到这里，我终于明白，我为什么总是忘不了那个小贩。原来，是他踩到了我的“尾巴”！

这时候，我的灵魂转过身去，沿着这条“尾巴”往回看，看见的是一群虚拟的身影。这群人中的大部分，都可以叫作“成功人士”：西装革履，腹部微凸，从服饰打扮到举手投足，早已褪尽了乡土气，操着那带着浓重方言尾音的普通话，除了在不经意间浮现于脸上的一丝泛着泥土味儿的质朴的笑，你已经看不出他曾经是一个乡下人了。他们出有车，食有鱼，有体面的工作，在省会城市中心地段拥有宽敞高档的住宅，家中有半辈子也花不完的钱；当然，还有美妻娇子。他们中的一些人，甚至还有一个两个情妇。像这样的人，他们的日子一定过得很轻松、很自在吧？其实，不是这样的。他们的神色，总是跟他们的脚步一样惶然，他们的身影总是奔走在上班、办事或是出差的路上；他们办公室的灯光，常常会亮到深夜，有时候甚至彻夜不熄；见到领导，他们总是习惯性地双手交叉搭于小腹处，躬身而立，对上级的每一句指示，他们的回答都是："好好好，马上办！"就说其中某人吧，他的地位已经很高了，有秘书、有专车，有一天，老家来人找他，在他的家门口等了大半天，总算见到了下班的他。在他家的客厅里，他一边打着领带，一边跟那位老乡说："坐坐坐！"这时候，在他家的楼下，响起了汽车声，他的领带也刚好打完，他跟老乡说了第二句话："走走走！"这个故事，在他的家乡成了一个广为流传的笑话。实在是没办法，像这样的人，他们的时间永远不够用。每时每刻，总有无穷无尽的事情像成群的疯狗在追着他们，甚至在梦中也不消停。有一个熟人，他老婆曾经对朋友们诉苦，说是有一天半夜，那人突然从睡梦中霍然坐起，闭着眼，大汗淋漓、气喘吁吁地对着虚空大声说："主任，您看……您看这……中不中？中不中？"显然，在梦中，他正面对着一个能左右他命运的大人物，他的腰杆子是弯着的，他的情绪是惊恐不安的。这些人的腰杆子，基本上都是弯的——是被他们屁股后头那个看不见的"尾巴"拉弯的。记得有一位农民出身的老兄曾经对我说："咱为啥恁听话？因为，咱是从困难年代过来的，被饿怕了。"

也许是受到今晚这个事情的刺激，我突然获得了透视功能：从人群中一眼就能辨认出谁是长“尾巴”的人。即使他穿着厚厚的裤子，即使他裹着长长的大衣，即使他开着汽车，即使他用尽各种招数装饰着自己的屁股，我也能看出他身上那条无形却又摇摆不停的“尾巴”。不仅如此，我还发现：越是成功的人，他屁股上的“尾巴”就越是粗大。从今往后，这类人，要是谁敢在我面前装腔作势，我就会大声对他说：“兄弟，你也是一个有尾巴的人！”

我这样说，并不是认为生着这样的“尾巴”有多可耻；恰恰相反，我将赞美这“尾巴”。因为，这“尾巴”是鞭子，天天都在抽打着我们、鞭策着我们；离开它，我们也许早就走不动了。所以，我们将一边诅咒它，一边感激它……

瞧，我们这些长着“尾巴”的人啊！

蛛网上的舞蹈

发现它的时候，这飞虫已被粘在蛛网上了。不知道它是怎样撞上蛛网的，就像一个人，好端端的，说出事就出事了。

这飞虫，有蜻蜓一样壮硕而颀长的身板，有比整个身体还要长的腿，让人想起飞檐走壁的武林高手。如此巨大的飞虫，显然对眼前这面看上去不怎么大，也不怎么结实的蛛网满不在乎。它愤怒地扑扇双翅，鼓荡起来的风，简直能掀起太平洋的滔天巨浪！

六月的白云山，蓝天，白云，绿树，溪流，清潭，飞瀑，在清晨的阳光下构成一幅天堂般的景象。在两根汉白玉栏杆之间那橱窗似的孔洞里，那面蛛网，在阳光和绿树映衬下，构成了一幅绝美的图案。不知道这飞虫是不是因为被这美景和蛛网所迷惑而自投罗网，但有一点是可以肯定的：这个时辰，这个地点，更凸显了整个事件的悲剧性。

有几只飞虫赶过来，不知道是听到了被困飞虫的呼救，还是偶然相遇，它们在被困的飞虫前嗡嗡地扇动翅膀，像是在安慰，像是在祈祷，又像是在商量着营救的办法。最终，那些飞虫还是一个一个飞走了。显然，它们也无能为力，就像探监的亲友，除了发出几声叹息、说上几句安慰的话，又能如何呢？

蛛网上的飞虫用那长长的、粗壮的前肢急切地撕扯蛛网，那充满激情的动作，让人想起某部经典大片中那位勇敢的越狱者。我不知道飞虫此时的心境，但它的动作，让我看到了它对于生命的眷恋和对于命运之神的反抗。

突然，那只愤怒的飞虫，一下子撕烂了粘着它的蛛网。祝贺它吧，它竟然凭借求生的欲望、不屈的信念和自身的力量，获得了自由与解放！

可是，这一切，只是一瞬间的幻觉。眨眼间，被撕烂的蛛网立马组合成两根又粗又黏的丝绳，紧紧地粘着飞虫的两只前腿。它被吊起来，向两侧拉扯开去，就像一个囚犯被铁链牢牢地系在两根柱子之间。

飞虫怔了一下，停止了挣扎，它大概是在想：不是已经挣脱了吗？怎么，怎么……会是这样！

可怜的飞虫，一定是看见了死神毛茸茸的脸。这飞虫大概已经意识到，藏在阴暗角落里的蜘蛛，那个大肚子屠夫，马上就会狞笑着走过来，伏在它身上，不慌不忙地，一口一口地，吃它。至于是先吃它的大腿，还是先喝它的体液，就全看蜘蛛先生的兴致了。那一刻，连我都绝望了，替这可怜的飞虫绝望。

飞虫突然再一次动起来。它先是慢慢地扇动翅膀，接着，被粘在蛛丝上的两只前腿开始重新拉扯丝绳，其余的腿则像乐队指挥手中的指挥棒，有节奏地舞动起来。这时候的飞虫，就像是被施了魔法，在牢牢地粘着它的丝绳之间，忽上忽下，忽左忽右，腾挪，跃动，让人想起大闹天宫的孙悟空。丝绳随着飞虫的舞动，晃动、弹跳，仿佛是飞虫的道具，在配合它完成一支绝妙的生命之舞。

逆光下的飞虫，在我的相机镜头里，幻化，幻化，幻化出摇摆的群裾、飘扬的长袖。天啊，这飞虫……简直是精灵！就像是垓下帐中的虞姬！就像是那个在大屠杀凄厉的枪声中平静地写诗的英雄！

时间停顿了。

那只飞虫，静止在了一个弹跳的动作上，像“舞蹈之神”尼金斯基停止在《春之祭》的一个舞步上。在白亮的天光之下，这凝固的舞蹈，是一个符号、一段音乐、一场梦，在一幅永恒的影像里，无声地，嚎叫……

这 时 候

这时候，我看见一个院子，在山里。也可以说，是那个像城堡一样的石头宅院走到了我的眼里、钻进了我的心里。

我看见，我从汽车里钻出来，走进那个石头券门。券门里头是青灰色石板过道。一阵风，掠过石壁一侧的神龛，带起淡淡的灰尘，仿佛一个老人在不停地絮叨陈年旧事。

我看见，我站在院子里。这是一个天井院，四周是上下两层的石头房子。院子里，花木扶疏。

这是我的新家。

这时候，我走进正房，来到那扇窗户下头，在一片长方形的阳光里，慢慢地，坐，下，来。老旧的木头茶几，油漆褪尽，木头的纹路浮现出来，让人想起某位哲人额头上深刻的皱纹。桌上放着一个电磁炉，炉上放着水壶，壶边放着一把宜兴紫砂壶，桌边是几个树根木墩。我在藤条靠椅上躺着，双脚放在木墩上，闭着眼。太阳透过眼睑，温润成一个黄黄的暖暖的蛋黄。风，在脸上拂了一下，留下一丝一缕的香气。猫儿在屋顶上走动，鸟儿在树上接吻。

这时候，没有人给我发号施令，我也不给别人发号施令；没人找我办事，我也不需要找人办事；没人请我吃饭，我也不需要请人吃饭；没有人要我讲话，我也不需要听谁讲话；我不去采访别人，也不需要别人来采访我。我的心灵是一只猫，在记忆的长廊里，一会儿走到这个房间，一会儿走到那个房间，最后，在某个角落里卧下来。我，睡着了。

这时候，我醒了，神清气爽，伸展着腰肢，身轻如燕，吐纳着山野的空气，来到二楼的窗户下头。那是屋檐下的一个正方形窗洞，一道光亮正好照在窗洞下的桌子上。屋子其他地方是黑的，只有窗洞四周有一团方方的光亮。在这里，就像面对一个画框，山、林、屋檐、鸟影等都在这画框里。我在阴影里坐下来，就像豹子卧在洞穴里。哦，忘记说了：这里的座椅、音响及一切办公设备，都高度的现代化、智能化。我一坐下来，椅子就自动调整出最佳曲线，把我舒适地支撑起来。我打开一本书，是《红楼梦》或《百年孤独》，也可能是一本哲学书，都是看过无数遍的东西，与其说是“阅读”，毋宁说是“背诵”；更确切地说，这是我的一种思考方式。

这时候，我轻轻地点击手提电脑的某个窗口，文字和声音汩汩地往外冒，是卡夫卡或佩索阿，是尼采或海德格尔，是博尔赫斯或后垮掉派的诗人们……当然，也可能是喜多郎的音乐，也可能是安东尼奥尼或伯格曼，也可能是苏珊·桑塔格或里希特……太多啦，都是老朋友，带着文字、画面、声音来跟我聊天。突然，我想到了什么，赶紧告别这些老朋友，飞快地敲打起电脑键盘。是的，灵感来了，我得立马记下它们。

这时候，我来到二楼阳台上。这是山村的制高点，举目四望，远山近树，白云飞鸟，淙淙溪流，还有远处那一泓湖水，尽收眼底。阳光正合适，空气透度很好，我拿出新研制的折射装置，放在摄影机前——三脚架上的摄影机就放在阳台上——对着太阳一阵狂拍。我情不自禁地大叫："出大作品啦！出大作品啦！"我知道，世界某个美术馆、博物馆将因为我今天的拍摄而拥有新的惊世之作。我的经纪人也要发大财啦：伙计，你就等着数钱吧！

这时候，意大利的桑福和美国的维尔森来了，还有北京的老王。这是不能不见的朋友。当年，我还没有多少名气的时候，这几个伙计，一个翻译并出版了我的诗集，一个把我的摄影作品推荐到威尼斯双年展，另外那个，对了，老王是我们之间的牵线人，老朋友啦。来吧，请你们来我这儿多住些日子，想住多久住多久。呃，对了，维尔森，我让你看看我的新作，你看这些东西是不是像我刚从湖里打捞上来的野鱼一样鲜美。嘿，桑福，去我的展室看看，我有一批新东西！我们搂着肩膀，说说笑笑，沿着鹅卵石小径往前走。我们来到小溪边那个幽深的山洞里，我说，这儿就是吕洞宾当年修炼成仙的地方。他们摊开手，耸耸肩，哈哈大笑。

这时候，一位当年的朋友找上门来，说是趁出差的机会拐到这里看看我。我请他在湖边一个亭子上小酌。这是晚上，月出于东山之上，风清月白，流萤闪闪。说起当年事，我恍若隔世。他已官至正厅，反而羡慕起我来，说自己职务高了、薪水高了，心理压力却更大了，经常失眠，大把大把地吃安眠药。我听他倾诉，脑子却跑到一篇散文或一首诗里去了。我真想对他说：君且去，我要回去写东西了！

这时候，我坐在一棵大树下的石头上，手执一片落叶，仰颏儿看蚂蚁上树。时至秋分，天高气爽，树上的鸟儿发出秋风一样的鸣叫。我透过大树枝杈望着太阳，观看枯叶的叶脉，闻着山野的气息，时而从口袋里掏出个小本子来，快速地书写。我在写《田野笔记》。这个工作已经进行许久了，我要为田野立传。我总是听到田野在跟我说话、宇宙在跟我说话……我没有疯，我说的这些都是真的。

“散会啦！”有人捅了一下我的胳肢窝。

“啊？！”我一惊，迷迷瞪瞪地问，“会议结束了？”原来，我躺在会议室后排的一把椅子上，睁大双眼做着白日梦。

一 杯 茶

那个春天的午后，在郑州一个叫作“瓦库”的茶馆的窗下，一只水晶玻璃杯放在石头茶几上，杯面光影迷离，恍若幻象与梦境。这时候，一只纤纤玉手，执檀木茶匙，“唰”，玻璃杯里有了一撮茶叶。是毛尖。

壶中之水，如银河灌注，杯里的茶叶立马醒来，像冲天而起的群鸟，在天空一样通透旷远的水杯中翔舞。在一阵上天入地、左旋右转之后，茶叶们像一群下凡的仙子，飘转着，飘转着，纷然落下。在杯底，它们缓缓舒展，吐出一两个气泡，如同归来的游子，在自家的庭院里弛然而卧，安适地抽烟；它们轻轻晃动，仿佛一群绿衣女子，引颈张望，窃窃私语，慵懒，安闲，惬意。

有两片茶叶，像兴冲冲的梦游者，像肩负使命的早行者，急切地推开身边沉睡的茶叶，猛然纵身，像驾着筋斗云要冲出天外的孙悟空，像奔月的嫦娥，一前一后，向着水面——也就是天空——冲去。转眼间，它们已经到达水面，在那里跳荡着，用尖尖的头部撞击天空，一下，一下。呃，怎么上不去了？“天”，把它们卡住了！没想到会是这样的结局，那两片茶叶，像被挡在门外的上访者那样，冲动地转着身子，要找谁问个究竟，最终却如同遇上了鬼打墙，只能在原地打转。愣怔了一阵子（在这两片茶叶看来，这是一段漫长的时光吧），它们似乎悟出了什么，最后深深地望了一眼天空，从容地转身，一前一后，穿过杯子中间那夕阳般的光斑，慢慢地，回归杯底。

这杯茶，到了这个时候，该是归于宁静了吧？不。这绿莹莹的茶水，看上去就像无边的天幕，无数白色微毫，像漫天飞雪，像星云星系，像数不清的幽魂，在那里飘着、转着、飞着，让人恍惚觉得，这不是一杯茶，而是浩瀚的宇宙。

难道我不是端着一杯茶，而是端着满杯星辰？

“星辰”之下，一派动人的葱茏。我指的是杯底那重重叠起的绿，对了，是茶叶。

茶叶青嫩如绿色露珠，真想唤它一声“精灵”！你看，它们把翅膀——那银色的毫毛——交给了水，在那里自由飞舞，如同把灵魂交给了梦；把血肉——那绿色的汁液——融入了水，化作酽酽的绿，如同一次涅槃。从此，叶不再是“叶”，水也不再是“水”，它们各自都放弃了自身，然后相融相合，生成一种新质：茶水。

茶香飘摇。这香气，早已在杯子四周游荡。此时，在鼻端，那暗香突然明亮起来，荡漾着土地与植物的气息。

那香，带着山野的清、土地的腥、茶树的涩，在我的脑子里跳，在我的心尖上跑，在我的肺叶间叫，在一声一声地召唤我；而我也立马认出了那山野、那土地、那茶树，于是就一声一声地应答着。

最让我心动的，还是那茶水。

茶水入口。不是喝，是那茶水自己翻过杯沿儿，走进了我的嘴巴。此刻，这水，不，这茶，像拖着长裙边走边唱的女子，缓缓地绕过唇齿，把那一丝甜一缕香，化作歌声，袅袅娜娜地送到耳朵一样张开的味蕾里。不止于此。这茶水，在嘴巴里游荡了一阵之后，沿着食道，在五脏，在六腑，在血液，在骨髓，在每个细胞之间，转悠，行走，最终，被基因打上“人”的印记，在我的身体里住下来，成为“我”的一部分。

茶水，就这样在我的身体里奔跑。

从茶水入口的这一刻起，我的心，像水中的茶叶那样慢慢展开，像受到浇灌的花朵那样慢慢绽放，去拥抱这茶水带来的太阳、月亮、星星，还有山野、流水、泥土，还有风，还有雨，乃至整个宇宙。我看见，我的心，被浸泡着，一层一层洗去尘埃，向着来处，向着前世，漂移，行走。我看见，在远处，那个叫作“起点”的地方，站着一棵树，茶树。

有那么一天，我会走进一株茶树吗？

有那么一天，我会进入一杯茶水之中吗？

喝茶的人，会认出我来吗？

就像，就像

在山间的一处老宅里，我躺在床上看墙。

这是一堵斑驳的老墙，风、水汽和烟尘早已把它当作画布，在上面画满了河流、树林、流云、飞瀑、各色人物、万千动物，以及数不清的星云和妖魔鬼怪……哎呀，这堵墙，简直就是一幅承载了世界图景和宇宙物象的“壁画”！更奇特的是，如果盯着这“壁画”不停地看，那上头的“画”就会越看越多，层层叠叠，绵延不绝；那“画”，甚至会吸引着你的眼睛，拉扯着你的灵魂，进入一个无穷无尽的神秘空间。不信，你试试看。从那朵“云彩”开始，你一边看一边想：它多像是美人的云鬓……那是怎样的一个美人儿？美女——女人——人；人，头发蓬乱，就像树冠；树，直立着，就像电线杆；电线杆很直，就像正直的思想；思想在流动，就像风；风，在飘，就像四处游荡的灵魂；无数灵魂在聚散，就像浩瀚无际的大海……这堵墙上的任何一个斑点、任何一个图像，都可能成为我的思绪走向世界、通往宇宙的途径；从这里出发，我可以轻而易举地漫游整个宇宙。此时的我，就像是站在宇宙诞生前那个“奇点”之上。

呃，当我的思绪像蚂蚱那样在万物的草叶之上跳来跳去的时候，没办法，我总是迎头碰到那个词：“就像”。这个词，就像（看你，一不小心，这个词就蹦出来了）是事物链上的一个一个踏石，让整个世界产生了关联。那么，它究竟是一个什么样的东西，竟然有如此魔力！

让我想想，让我想想。

唔，并不是“就像”这个词有多厉害，而是踏着这个词在万千事物之间蹦跳着的那个东西——也就是想象力——厉害。

它究竟有多厉害？这么跟你说吧：

它是疯狂的老鼠，可以在一瞬之间打通世界上任何一堵墙壁，进入任何一个房间；它是非凡的蜜蜂，可以在相距最遥远的花朵之间飞来飞去，让整个世界授粉，让所有的事物绽放杂交的花朵、结出变异的果实。对于这个东西，我是再熟悉不过的：当我在思考和写作的时候，它总是如影随形地陪伴着我，我因此得以无数次地见识它的魔力。怎么说呢，它，简直就是一个魔鬼，引导着我从一个胡同拐向另一个胡同，一步一步进入世界的迷宫。哦，不对，对于它来说，这世界根本就没有什么迷宫。它就像是一道光，可以瞬间照亮世界的每个角落；它就像一把刀，可以瞬间剥开事物的外壳，露出隐秘的内核。

说到这儿，你一定知道它是什么了：哈哈，它就是诗！

所谓诗，就是想象，就是比方，就是事物与事物之间那一连串的“就像”。

哎呀，每一个诗人的眼前——其实是心里——都有一面像我眼前这样的活跃着意象的墙，上面爬满了一种叫作“就像”的蚂蚱，稍有动静，那些蚂蚱就会腾空而起，于是这世界就生动起来了，就像……就像……

橱窗里的绣花衣

大红绣花上衣，紧腰，绲边；还有裙子，也是大红色，绣花，镶边。它挂在某博物馆的橱窗里，静默，凝固，像一幅画，旁边的一个牌子上标注着年代：清代。没有具体时间，没有衣服主人的名字，也没有来处，它就像是一个来历不明的演员，意外地出现在舞台上。

我紧盯着这套衣裳，看着看着，这衣裳，虚起来，动起来，与某个虚拟的人体相融合，成为一个既实又虚的立体影像，从时光背后某个宅院的某个门洞里款款而出。最先跳到人眼里的，当然是这衣裳抢眼的红，接着就是它那亮眼的绣花，最后才是那个模糊的身影和面影。

其实，相较于衣裳，我更感兴趣的是它的主人。

穿这衣裳的，是一个什么样的人？从这衣裳的款式上看，它的主人一定是一个女子，而不可能是一位妇人。那么，她是大家闺秀，还是青楼女子？不管是什么出身，她肯定是这样的：瘦，高，白净，目光清澈，走起路来，如风中杨柳。这衣裳，就该是为这样的人、这样的身材准备的。

那是在何年？年份已不可确考，是一百多年前的某一年吧，只可能更早，不可能更晚。如果晚于一百年，即使在乡间也几乎没人再穿这样的衣裳了。时间早晚并不十分重要；重要的是，这套衣裳成功地抵御住了时间的侵蚀，竟然如此完好——甚至是簇新地——出现在二十一世纪的阳光里。它的主人——那个面容模糊的女子——却宛若蜕掉了蝉衣的夏日之蝉，消失于时间深处，成了一个家族众多背影中的一个。这套大红绣花衣裳，就成了她在这个世界上活过的一个证物。当然，也可能是另外一种情形：这衣裳只是那个女子众多衣服中的一套，它被装在防腐能力很强的樟木箱子里，从未被穿过，也未曾被翻动过，它的主人甚至想不起来还有过这么一套衣裳；等到人们发现它的时候，它的主人早已杳如黄鹤，再也不可能穿它了。从此，它被它主人的后人一代一代地保存下来。当然，也可能是被遗忘在某个角落里，直到有一天，它被意外地发现，并捐献给了博物馆。当然，也可能是经过无数次转手倒卖，才最终到了这里。不管是哪种情形，最终的结局都是这样的：它出现在这个博物馆的橱窗里。对于这套大红绣花衣裳来说，它又一次回到了时间里，宛如经历了一次涅槃。

而真正能使它复活的，则是人的目光。

此刻，我就在干着一件让这套大红绣花衣裳复活的事情：凝视。

我看见，眼前这套大红绣花衣裳，在我的凝视之下，突然羞涩起来，变得面红耳赤。

它一脸红，我就知道，它是被自己的主人——那个面容模糊的女子——穿过的，那么，它就是被众多眼睛凝视和追逐过的。如此说来，这大红绣花衣裳一定记得，某个时刻，它主人的脸会因为某双眼睛的凝视和追逐而变得又红又热；这衣裳所包裹着的那颗年轻的心，也一定跳得比木头楼梯上的脚步声还响。这套衣裳的裙裾，必定是跟着主人的脚步，像麦田里的鹌鹑那样，贴着地面，摇摇摆摆，然后，飘起来、飞起来。它的主人——那个女人——在跑了一阵子之后，好像是没了力气（她是装作没了力气），猛地停下脚步，悄悄地、不易察觉地转过身去。那一瞬间，这大红绣花衣裳，就随着主人身体的转动，在风中来一个娇喘吁吁的，也是无比美妙的，飘转，回旋。

这大红绣花衣裳，一定是想到了那一切。

你看，此刻，也就是我在凝视着它的这一刻，它一步一步后退着，走出橱窗，晃晃悠悠地走出门去。在出门的时候，它本能地抬高了脚——好像那里依然有一道高高的门槛——然后，一溜烟地跑到大街上去了。在一个十字路口，它迷路了，站在那里左顾右盼，不知该往何处去。这时候，我的眼睛冲上去，扶了它一把。它好像是——或者是装作——受到了惊吓，像鸟儿那样，忽地一下飞起来，转眼就不见了，却在我心里留下了一串咯咯咯的笑声……

盆景盆里的风景

那一年，一株蜡梅，装在紫砂盆景盆里，在朋友激情洋溢的吆喝声中喜气洋洋地来到我家。那位朋友说，这是个老桩子，它出自名家之手。

果然不是凡物：灰白色的主干，在盆景盆之上的空间里勾勒出一个丰乳肥臀的美体轮廓，由紫红色盆景盆衬托着，像湖面上漂摇的水妖，像海滨出浴的维纳斯，袅袅婷婷，似乎随时可能飞升而去；一条条枝干，虬曲飘举，缥缈如烟，恰似飞扬的长袖……这哪里是蜡梅，分明是奔月的嫦娥，是盘子上翩翩起舞的赵飞燕，是跳着霓裳羽衣舞的杨贵妃！

更奇特的是它的花。

赤条条的枝条上，繁密的节点像一张张微启的小嘴巴，噙着朵朵盛开的蜡梅，疏密有致，就像某位绘画大师的神来之笔，天然，却又深藏匠心。是花吗？不如说是一群叫作“花”的仙鸟，从天堂飞来，栖息到这枝条上来了。它们不是花朵，而是一串串玲珑的灯盏，挂在弯弯曲曲的枝条上，勾画出不可言说的意象。

更要命的是香气。

那暗香，淡淡的，若有若无，像夜半歌声。它不带一星半点脂粉气，而是兀自透出一阵一阵清冽、清澈的香，像雪，像泉，像清凉的水汽。在这暗香之中闭目养神，原本浑浊、昏沉的脑袋就会立马清爽起来。

我特意买了个树根盆景架，像供神一样将那蜡梅盆景置于其上，放在客厅中间。闲暇之时，我总是围绕花枝细细玩赏，小心伺候。所谓“伺候”，就是浇水、浇水、浇水，就像面对上宾不停地敬茶、敬茶、敬茶。我巴望着通过精心伺候，能使蜡梅在来年冬天为我开出更多更香的花来。

谁知，到了来年冬天，这蜡梅，竟然没有开出一朵花来!

春色渐浓的时节，这蜡梅未曾开花的枝条上长出了绿色的却不怎么好看的叶子，就像是一大堆谎言。我真的不知道说什么才好。也许……也许这蜡梅需要休整一下，等到来年，还会开出花来?

到了来年，这蜡梅，不但没有开花，连叶子也没有了。

再后来，大概是蜡梅自己觉得不好意思再活下去，不知道是在哪天，竟然默默地死掉了。

再看那蜡梅，虬枝干枯，虽仍是一副人体模样，却宛如一具僵尸，给人一种不祥的、可恶的感觉。看到它，我会想起一个词:“病梅”。想象它的身世，竟情不自禁地生出许多疑问：一个本来鲜活、自然的生命，是怎样走进那豪华的紫砂花盆并被扭曲成那个样子的？那只“名师之手”，与这蜡梅之死有着怎样的深层因果？

蜡梅死了，把它继续摆放在客厅，显然有碍观瞻；扔掉吧，又舍不得那个紫砂盆景盆。于是，死去的蜡梅连同紫砂盆景盆，被我放置在阳台的一个角落里，渐渐地也就把它遗忘了。

又是一个春天的一天，无意间，我发现阳台上那个紫砂盆景盆中冒出了一个小小的绿芽。我没在意，更没有特意去伺候它。盆景盆上方有一个晾衣架，间或有湿衣服像滴灌设备，有一搭没一搭地为那绿芽张开的小嘴送上一些水滴。

有一天，我发现那绿芽探出了盆沿，像趴在矮墙上探头探脑的农家孩子。又过了一段时间，呃，这家伙，好像是一棵树呢，有主干、枝丫，还有许多绿油油的叶子，竟然是一株袖珍的树！这树，有筷子那么粗，青青的树皮上有细细浅浅的白色纹路，像刚刚孵出的小青蛇；枝头的绿色叶片，既像蜡梅又像橘树。小树紧紧地贴在盆景盆一侧，要不是盆景盆太结实，说不定它会钻出盆子跑到外面去，仿佛是在刻意撇清与死蜡梅的关系。看它的神态，分明是在说：不要问我是什么，我只是树。我不要人伺候，也不需要特别关照；当然，也别要求我开什么花、发什么香，我只想自然、自由、自在地活着！

我没有去修剪和扭曲它，只是偶尔往盆景盆里浇一些清水。阳光来了，暖暖地照着，小树很安静，就像靠在墙根晒太阳的山里娃子；风来了，小树微微摇晃着身子，好像从梦中醒来，伸了个懒腰。它忘情地长着，不知不觉已有小拇指粗细了。

在小树旁边，不知何时长出了一蓬圆叶草，像一群绿色小精灵，摇头晃脑，像是在抻着脖子跟小树说话或唱歌；而那老蜡梅却灰头土脸地静默着，弯曲的身体似乎在尽量地往盆景盆里头躲避。多么怪异的组合：死去的蜡梅，新生的小树，无名的小草，它们在演绎什么？

是谁，“嗤”地笑了一声！

四下无人，只有我与盆景盆。定睛再看，老蜡梅依旧干干地缩着；小树青枝绿叶，像个顽皮而懵懂的孩子；那蓬野草，咧着小嘴，憨憨的，一副没心没肺的样子。什么也没有发生，只有一阵风吹过窗棂，一片阳光照在紫砂盆景盆上。

原来，是我在笑。

我在心里发一声喊：“你这个鬼蜡梅！”

跟树说话的人

有一天，我去参加一个同事的摄影展。在开幕式上，我那个同事讲了个故事，说是在宝天曼的深山老林里，护林员长年多见树木少见人烟，一位护林员就天天跟树木说话。

据这位同事描述，那位护林员每天早上到山林里去，见到树木就像见到熟人和邻居那样，会亲热地问上一句：“吃了吗？”紧接着，他就模拟树木的声音，瓮声瓮气地回答说：“啊，吃啦！”

“吃的啥呀？”他问。

随即，他模仿树的模样，摇头晃脑地说：“吃土，喝水。我可是一天到晚吃个不停，咱这儿有吃喝不尽的东西，还喝露水、闻花香，哈哈，可美气啦！”

见到另一棵树，他上去摸摸它，说：“好几天没见啦，想你啦。你好吗？”紧接着，就代替树木回答说：“好啊。我也想你啦！”他故意把声音拉得很长，就像山里的回声。

我相信，那个护林员每天见到树木的时候，绝对不仅仅说那么几句话。在那茂密的原始次生林里，每天他要见到多少树、多少鸟、多少虫子，想想吧，他要说多少话啊。

如果这一天，他在离某棵野榔榆不远的地方发现了一棵刚刚破土的小榆树苗，他会用一种惊喜的语气对它说：“呦呵，小家伙，啥时候出生的？”

然后，他会用一种尖细的奶腔回答：“我，半岁啦！”

他说：“哦，半岁啦，我可是头一次见到你。”

他接着会换成奶腔，说：“我可是天天见到你，只是你没有注意到我……”那语调里似乎藏着满腔的不高兴。当然，那是撒娇。

他说：“是我不对，是我不对，我咋就没有注意到小宝宝哩？往后啊，我天天来看你，好不好？”说到这儿，他好像突然想起了什么，接着说，“你是老榔榆的孩子吧？”

随即，他又换成了奶腔：“是的。我姓榆，我是小榔榆。”

如果这一天，他走到一个悬崖边上，看见一棵老槐树的一根干树枝子被风刮折了，他会走上前去抚摩着老槐树的树皮，心疼地说：“哎呀，啥时候断了一只胳膊？”

接着，他会重重地咳嗽几声，用一种苍老的声音说：“是昨儿夜里。风大，把它刮折了。”

“疼不疼啊？”

“不疼，那是老枝子了。”他用苍老的声音接着说，“唉，老啦，一千多岁啦，说不定啥时候就没啦！”

他随即变回自己的真腔儿，说：“没事儿，咋着也会熬过我这一辈子吧？你们当树的，就是比人能活。”说着，他摸摸老槐树的皮，接着说，“你看，你的皮都活成了铁，多结实啊！”

之后，他又换成了老槐树的声音，说：“那咱们就慢慢活着吧，天天在一起。”这时候，他好像突然想起了什么，顿了顿，说：“不过，天有不测风云，要是哪一天我死了，譬如，被雷电击倒了，或是被风刮倒了，你能把我扛下山吗？如果能，请把我做成家具，放到你家里，那样我就又能陪伴你了。”

他说：“没事儿。应该是，我会比你先死。到那个时候啊，我就对家里人说，把我的骨灰埋到你的脚下。那样啊，我就会顺着你的根进入你的身体，我就成了你。最不济，我也会变成一棵草，长在你脚下。那时候，咱们还能天天见面，天天在一块儿说话。”

我相信，护林员的话，树木是能听见的，也是能听懂的；而树木的话，护林员也能听见，也能听懂。我读过一本研究植物的书，书上说，树木不仅有语言，也有情感；不仅有情感，甚至可能有思想。所以，我坚信，上面写的那一切，都是真的。

有一年，我到宝天曼旅游，在林区住了一夜。夜里做了一个梦，梦中在一条山道上遇见一个驼背老头儿，他的头上长满了树枝。当我来到他跟前的时候，他朝我不停地哼哼，并且跟我说话。我们之间的对话，几乎就跟上头写的那些一模一样。吃早饭的时候，跟同伴们说起梦中情形，没一个人相信；而护林员却相信，他们对我说：“那肯定是真的。我们这儿有树神，你一定是在梦中遇见了他。我们也梦见过那个老头儿，他就是这样跟我们说话的。”

雨落运河

一条河，郑东新区的运河，鼓荡着，如一匹宽大的绵长的丝绸。

这是秋天的黄昏，光影在这运河里伸缩、游荡、变形，像无数舞蹈着的彩色精灵。一滴雨，就是在这个时候，落进了这条运河之中。

发现一滴雨落进运河，是因为在这一刻，运河明亮柔滑的水面上蓦地开放了一朵涟漪，就像夜晚宁静的小院里突然传出一声婴儿的啼哭。

这只是一个开端。紧接着——几乎是同时——运河水面上泛起一圈又一圈涟漪，宛若夏日池塘里的鱼群喷吐的气泡。满河游荡着的光影精灵随即慌乱，就像母亲面对多胞胎婴儿同时哭闹，它们眨巴着眼睛，在运河里晃来晃去，不知如何是好。

这时候，有一位诗人正好在运河边散步。

呃？下雨了！他很惊讶，好像这是一件让他感到惊奇的事情。其实，让诗人感到惊奇的不是下雨这件事，而是天上怎么就落下了雨滴。他知道，雨滴的形成是因为水汽凝结在尘埃上；让他感到好奇的是，尘埃怎么就跑到了云层里，又是怎样抓住了水汽——抑或是被水汽抓住的。

他思想的小狗，叼住了一个词：偶然。

在他看来，世上的许多事情只能用“偶然”来解释。譬如，他转世投胎的时候，没有成为一只羊、一条狗或是一头牛，而偏偏成为一个人，这就纯属偶然。

那一滴雨，在诗人的眼里，就像不断荡漾着的涟漪，放大，放大，不停地放大。他想，也许宇宙就是一个雨滴？雨滴就是一个宇宙？他又想，宇宙大爆炸为什么会发生，又为什么在那个时候发生，就像一个人为什么突然打了个喷嚏，又为什么在那个时候打，谁知道！细细想来，宇宙的诞生毕竟是一件有趣的事情，就像一个雨滴落到了运河里，并激起了一个涟漪，就是一件很有趣的事情。

诗人在栏杆上坐下来，怔怔地看着运河，他想看看那个掉进运河里的雨滴——以及掉进运河的许许多多雨滴——跑到哪里去了。它们当然是在运河里。那么，那些雨滴是像蝌蚪那样正四处游动着呢，还是已经分散成了无数个水分子？它们的结局将会是怎样的：是随着运河奔向了远方，还是被蒸发到大气层中去了？如果是蒸发了，它们将会在此后的某个时刻再次作为一滴雨落下来吗？如果是这样，那么，它们是否还能落进这条运河里来呢？

诗人闻到雨水的腥气。他知道，也许刚才那一个落进运河的雨滴，此时已经作为一缕水汽走进了自己的身体。如果是这样，他就与这条运河发生了某种深刻的关联，他也就成了眼前这条运河的一部分。

雨滴。雨滴。这个词，不断地敲打着诗人的脑门。他一激灵，突然觉得不对劲。他认为，他所看到的落进运河的那一个——包括此后落进运河里去的所有的——雨滴，此时已经不能再被叫作“雨滴”了，就像当它凝为“雨滴”的那一刻就不再是“尘埃”或“水汽”一样。相对于当初作为“水滴”时的“有”，落进运河的水滴们如今已经是一个“无”了。

雨，还在下着，许许多多雨滴正在落进运河。诗人起身离去。对于他，落进运河里的雨滴们，此时已经转化为一个概念，如同涟漪在他脑海里荡漾着荡漾着，渐渐地变得抽象和模糊，最终会一点点地淡去，就像是一个缥缈的传说。

潢川鸡鸣

高速公路把一个村庄甩了过来，扔在这四月正午的阳光下，恍若从高速公路的枝条上飘落下来的一片叶子。高速公路的旁边，竖着一个蓝色路牌，上面写着两个白色的字：潢川。

村边的那个池塘是一面镜子，映着那棵大柳树，照见柳树后头错错落落的几座房子和几个草垛。突然觉得，这村庄，好熟悉，好熟悉，就像是一个亲人在这里等我，已经等了好久了。没办法，我只好把车停在应急车道上，下来跟这村庄打个招呼。这时候，再看那柳树，它就不再是柳树了，而是村庄伸向天空的发辫儿；那些草垛，正是村庄的一只一只耳朵；而整个村庄呢，看上去，俨然是大地上生出的一朵蘑菇，或是大地伸向天空的一片湿漉漉的嘴唇。

池塘，柳树，房子，草垛，在中午的阳光下打瞌睡。这是村庄在太阳地里睡着了。不，这一切，干脆就是一个农家少妇午睡中的一个梦境。

突然，“喔喔喔——”清清亮亮的鸣叫，横空出世。

鸡鸣。

好像不是鸡鸣，而是大地突然喷出来的一股泉水，是田野上摇曳着的一株水稻，是村庄枝头上开出的一朵梦呓之花。哦，我看见这声音从那农舍的屋檐下飞出，掠过飘摇的柳枝，划过映在池塘中的那些云朵，在草垛上打了个旋儿，跑到高速公路上，在我心里亮了一下，然后朝我脑后的天空飞去。

“喔喔喔——”又是一声。

池塘，柳树，草垛，农舍，空气，突然起立，跟着这声音奔跑、舞蹈。这村庄，不是睡着了，而是俯在大地之上，单等那一声鸣叫，然后猛然起身，开始上演“闻鸡起舞”的节目。它，要舞到哪里去？哦，天上，天上！

鸡鸣在继续。不对，你听，是村庄在鸣叫。鸣叫着的村庄，蓦然间成了一位村姑。她守在这里很久了，在等一个人。她用一声一声呼喊在寻找那个人——那个听得懂她的口音、明白她的心思的人。如果那人来了，在她身边驻足，她就把这串清清亮亮的天籁的项链挂在那人的脖子上，让他带走；如果把天籁带走了，也就是把她的魂儿带走了。

村庄，在用这种方式寻找和辨认自己的亲人。

难道我就是村庄要找的那个人？

“牛皮公司”

有一年到武汉一所高校办事，那天晚上，一个叫老杜的人请我们几个从河南来的人吃饭。老杜曾是这所大学一个学院的院长，现在退休了。他跟我们中间的老周是同学，是老周的班长。老杜跟老周说了好几次，说什么时候来武汉一定要给他个机会，他要请客。今天，机会来了。

老杜生就一副瘦长脸，右眼袋下头长着一颗黑痣，看上去有点儿像某部谍战片里的天津站站长，严肃，甚至有些冷酷，可是落座之后，他的严肃和冷酷感立马被一个叫老李的人打得落花流水。老李退休之前是这所学校管后勤的主任，高鼻子，大额头，大嘴巴，薄嘴唇，戴着一副眼镜，显得很有风度。酒过三巡，老李先发难。他说：“我给大家说啊，这个老杜啊，今天能请客实在是不容易，三十多年没见他请过客，他今儿是豁出去了，不过啦！”

老杜说：“不对啊，我怎么是三十多年没请过客？那一年，咱们到公安去……”

老李说："是的，有这么回事。那年啊，我们一起到公安去出差，回来的路上，我们要他请客，他说啥也不干。最后，看大家的要求实在强烈，没办法了，请我们吃了一顿。你猜吃的啥？咸萝卜干，外加花生米！"

老杜说："不对，还有蚕豆和豆腐皮，还有酒呢。"

老李说："不说酒不生气。是劣质白干儿，大伙儿喝了，拉稀，拉得脸都青了，就跟青菜叶子一样。是不是食物中毒不好说，反正是拉稀。"

人们哄堂大笑。

笑得最响的是老朱。这个老朱，年近七旬，脸上的肌肉松弛得像火鸡的脖子，戴着眼镜，一只眼大一只眼小，其中一只眼睛有点儿斜视，看人的时候，会让人误认为是在冷眼旁观或是不怀好意。老李跟他开玩笑，说他啥时候都是"睁一只眼闭一只眼"，像猫头鹰。老朱退休前是这所大学的工会主席，是副校级领导，整个晚上，他几乎不说话，就是笑。他的笑声很高，而且总是来得太突然，让人猝不及防，就像一个装满了笑声的水壶，身子一歪，笑声就哗地一下流出来了，溅得满桌子、满屋子都是。

老李和老杜一来一往，讲着一个一个趣事，都是他们之间的往事，像是说相声，一个捧哏，一个逗哏。老杜说起一件事，显然是意在攻击老李，但老李很有教养地静静地听着，从不打断老杜，等老杜讲完之后，他平静地问一声："说完了？"老杜答："说完了。"这时候老李就从容不迫地接上来，说："不错，有这个事儿。”他一板一眼地顺着这个故事往下讲，讲着讲着，不知不觉就把原先那个故事反转过来，变成了一个对老杜不利的故事。桌上的人边听边笑，依然是老朱笑得最响。

老李和老杜都是讲故事的高手，讲起故事来，技巧很高，诸如欲抑先扬、峰回路转，格式套路层出不穷，花样翻新。刚开始听，你根本不会料到故事会朝着哪个方向反转，让人防不胜防。

这一回，轮到老杜讲了。他张口就说：“哎哎哎，大家都知道，老李可是咱大武汉出了名的大好人、大能人。”我们能够猜到，他的话里肯定埋着一个包袱，只是不知道他将从何处转弯。谁知道，老杜并不急着拐弯，而是接着表扬老李：“这个老李啊，一辈子都助人为乐。老李乐于助人，不光是因为心肠好，关键是他是一个‘牛人’，在这个世界上，没有他办不到的事情。我就亲自见识过他的这种能耐。”

大伙儿支棱着耳朵听老杜往下说，他却不急，端起水杯慢慢地喝上一口，不怀好意地冲着老李挤挤眼，这才接着往下说：“有一年，我一个亲戚的儿子要结婚。我的那个亲戚啊，有钱有势，财大气粗，对女方说，有啥条件你们只管提。没想到，那家的女子是个诗人，提出来要天上的星星。这一家伙，可是把我这个亲戚给难住了。他知道我跟老李熟，就托我给老李说说，看能不能帮忙办办这个事情。”

说到这个节骨眼儿上，老杜又端起茶杯，慢慢地呷上一口，老朱在一旁斜着眼看了他半天，催他往下讲，他这才接着说："我也知道这个事情难办，可是亲戚托了我，我只好硬着头皮跟老李说了。没想到，老李二话没说，一口就答应了，拍着胸脯跟我说：'哦，是要星星啊，这好办，要几个？'"说到这儿，老杜一脸坏笑地瞅着老李，老李却是满脸笑容，在津津有味地听着。只听老杜接着往下讲："听他这样说，我心里不踏实，知道那东西不好搞，就提醒他：'那东西，怕是不好搞吧……要是真能搞到，就搞一颗，一颗。'你猜人家老李咋说？他说：'既然上去了，摘一颗是摘，摘两颗也是摘，办喜事嘛，好事成双，我给你搞两颗！'"

"听他这么说，我千恩万谢，跟老李约好了时间，说是农历八月十五要用。老李摆摆手，说：'还早哩，还有半年时间嘛，慌么子啊？到时候，保证让你提前拿到手！'

"转眼就到了八月十五前一天，我带着我那位亲戚找到老李，问星星摘到了没有。老李说：'哎呀，上是上去了，眼看就要摘到星星了，不巧，那天风大。你晓得，前几天不是刮大风了吗？听说长江里的一条船都给刮到龟山上了。哦，你没听说？反正是风大。那天，我的手已经摸到了星星，就在这时候，咔嚓，梯子断了。'

"我那个亲戚急得直搓手，说：'这可咋办？已经答应女方了……'呃，人家老李还是胸有成竹，他拍着胸脯说：'没事儿，包在我身上。我一定能给你搞到星星，保证给你搞到四颗，四颗！'

"我那个亲戚说：'啥时间啊？'老李说：'说快也快，说慢也慢。因为那梯子是从美国进口的。这不，要修啊，不是得到美国去吗？我今天就办出国手续，只是啥时候能修好梯子，那就不好说了。不过，你别急，梯子修好了，咱不是想啥时候摘就啥时候摘嘛。既然上去了，摘一颗是摘，摘两颗也是摘，那就四颗，四颗！”

说到这儿，老杜的右手高高地举着，食指、中指、无名指、小拇指直直地伸在空中。他满脸严肃，像是要杀人，大伙儿却笑得前仰后合，老李也跟着笑。笑过之后，老李说，有一年，他跟老朱一起到一家农场去给学校弄吃的，为了便利工作，由老朱向学校要了一辆面包车。事情办成了，要走了，跟主人握了手，然后上了车，隔着玻璃向主人招了手，告了别，呃，车却发动不了。于是，车上的人下来推车。车子发动了，又一次与主人握手、招手、告别；没想到，车子走了几步远，又抛锚了，接着又是推车、握手、招手、告别，如是者三。大家一次一次上车下车、下车上车，手都握酸了，脸都笑僵了，满身大汗，狼狈不堪，车子还是走走停停停停走走，从上午十点开始，一直到十一点半还没有离开农场。车上的人骂老朱，说是怎么派了这么个车；车下的人一定在心里骂老朱，这不是分明还想蹭我们一顿饭嘛！

这一回，算是把老朱给绕进来了。

整个晚餐下来，忘记吃了些什么，只记得满桌都是故事、都是笑声。

老周介绍说，他们这几个老同学可是最铁的哥儿们，他们有一个组织叫“牛皮公司”，其业务就是在一起吹牛、神侃。当年，他们曾被对立派定为“反动小集团”，但任凭怎么批判，他们终究是打不散、笑不断，快活得跟一群顽皮的小孩子一般。

呃，要是把这个“牛皮公司”弄成一个相声剧社，包装一下，说不定真能一炮走红呢。

穿越时空

汽车在飞驰。不知道什么时候，窗外旋转的绿色田野，蔚蓝的天空，天上的云霞，有着钢铁护栏、微微反光的高速公路，像一幅幅褪色的照片，黯淡起来，模糊起来。夜色，像不断倾注的茶水，一层一层上涨，一层一层加浓。

终于，田野不再旋转，也许是转进一个看不见的地方去了。天空也不知跑到何处去了。连那条像河流一样奔腾的高速公路，也像一条水蛇，无声地滑进眼前这片深不可测的窅茫之中了。

车子像一条鱼儿，沙沙地游在这夜色的湖水里。

前不见去处，后不见来路，黑暗，无边无际，车灯打开的一道光亮，如同是在地下挖出的一条隧道。

啊，星星！一片闪烁的光亮，勾勒出一道道由光点组成的图案，在无边的黑暗中蜿蜒、延伸。这星星一样的光点，扑面而来，又飞旋而去，随即又有无数的光点像萤火虫那样迎面飞来。我知道，这是高速公路护栏上的灯光。灯光，就这样旋转、离去，旋转、离去，恍惚间，我感到自己是在进行太空旅行。

此时，坐在副驾驶位置上的妻子突然说：“你看，多像是在太空旅行！”没想到，她竟然说出了我心里的那句话。我应声道：“是啊，就像是在时空隧道里。”

“要是一直这样走下去，我们会走到哪里？”

“那会是另外一个世界。”

我想起一个朋友讲到的“濒死体验”。有一年，他得了一场大病，“死”过一次。那时候，他沿着一条隧道往前走，走啊，走啊，那隧道很深很长很静。在这里，他见到一些人，都是蓝黑色剪影。他跟着那群剪影似的人一起往前去，走着，走着，他看到在隧道深处有一片光亮，温暖，温柔，明亮却不刺眼，让人感到无限的舒畅和舒适。就在他即将走进那片光亮的时候，突然听到有一丝声音像水草一样朝他漂过来，是有人在呼唤他的名字。他感到应该答应，就大声地答应着，转身沿着隧道往回走。蓦然，他回到了人间。他那很大的回应声，在别人听来只是很微弱的一声“啊”。他在生死两界走了个来回。

想着这个故事，我突然变得恍惚起来：我和妻子是在人间吗？是在这个初秋的晚上开着车往家乡去，还是行走在另外一个世界里？抑或，是飞翔在一个梦境之中？

那一刻，我忘记了星夜兼程要去办理的那一件“很重要”的事情，忘记了那件事情对于我的重要意义，满脑子只剩下一种飞翔的感觉。是的，此时，我正在茫茫的宇宙间，飞翔，飞翔。

真想就一直这样飞下去，不知所往，不知所终。也许，这就是当年老子骑牛西去的理由？也许，这就是人生的意义？

不知道。

我只想就这样，永永远远地，飞，下，去……

跟列子一起飞

小时候，经常在梦中飞。那时候，我还分不清梦境与现实的区别，认为人是可以像鸟儿那样飞的。有一天，我站在老家镇子的大皂角树高高凸起的树根上，双手一伸，扇动胳膊往下跳，结果摔了个嘴啃泥，遭到小伙伴们的嘲笑。从那以后，我确信：人不是鸟儿，是不能飞的。

长大了，读到列子御风而行的故事，觉得很神奇、很好玩：这世界上真有会飞的人？虽说内心依然对飞翔充满了向往，但我已经是一个被科学精神武装了头脑的人，深知列子所谓的冯虚御风，只是他创作的寓言故事中的一个，属于虚构一类，不可当真。

到了五六十岁的年纪，依然一次一次在梦中飞翔，那种感觉简直是好极了。这时候，我已经读过《列子》，对列子老先生也多了一些了解，知道他是一个喜欢做梦、想象力超群、天真素朴的大孩子。我由此推断，列子御风而行的传说，也许就来源于他某个飞翔的梦境；或者说，干脆就是他的一个白日梦。

有一天，郑州市搞一个诗歌活动，我和一群诗人来到郑东新区的圃田，在列子御风台前徘徊良久。这时候的列子，是一尊青石雕像，衣袂当风，须发飘飘，似乎真的在临风飞动。只见他满脸顽皮的笑，饱满的脑壳里似乎盛满了各种稀奇古怪的想法，于是一种强烈的亲切感油然而生。想到列子与我竟然生活在同一片土地上，他的老家圃田离我现在所住的龙子湖畔只有十几公里，也算是很近的老乡了，于是就平添了几分亲近感。此时再看列子雕像，突然没有了神圣感，倒像是面对一个有趣的大哥哥，真想挽起他的胳膊、拉着他的手，跟他开开玩笑。我认定，列子是个幽默而风趣的人。

如今想来，列子御风而行的传说得以流传并进入典籍，最初的缘由也许来自一场玩笑。列子喜读书，爱冥想，热衷于闲逛，有时候一走就是一年半载，春天出去，秋天回来。邻居问他，怎么说不见就不见了，他就笑着说："飞了。"问他到哪儿去了，他就笑着说："到天上去了。"那时候的圃田，是一望无际的泽国，芦苇蒲草连天接地，如浪如涌，如霓如云，人在其中，一闪身就没影儿了，就如同飞了一般。列子出游的时候是春天，绿茵匝地，大地一派生机；回来的时候是秋天，衰草连天，万物萧索。列子就又开玩笑说："你看，绿茵是我播种的，秋风是我带来的。"一开始，人们把他的话当作一个有趣的笑话传来传去，传着传着就进入了神话。

人们怎么就相信，或者怎么就愿意相信列子那玩笑式的说辞？仔细想来，这大概与人类的天性有关。在人类的天性中，始终存在着飞翔的欲望；不然的话，我们为何总是在梦中飞翔呢？

反观人类自身，总是有这样一些人：他们是一群永远也长不大的孩子，即使活到九十九岁依然是孩子，他们对天地万物永远充满孩童式的好奇；他们天生有一颗大而无用、空荡无极、永远也装不满的心，对宇宙充满了无穷无尽的遐想，他们习惯于做白日梦，而与现实世界却是若即若离，对功名利禄总是心不在焉，他们就像是一群随时打算从这凡间飞身而去的鸟儿。这是一个由幻想家组成的群体，这个群体包括真正的思想家、哲人和一些伟大的文学家、艺术家，譬如老子、庄子、列子，譬如李白、杜甫、苏东坡、曹雪芹等。

想到这里，我突然明白：人类，其实也是一种会飞的动物。

我说的“会飞”，当然不是指人类借助各种飞行器已经实现了的那种空中航行，而是指通过心灵，通过梦想，通过神话、传说、童话和寓言等去实现的灵魂飞升。因此，我要说，列子是一个会“飞”的人，跟他在一起玩，当是一件很有意思的事情。

阁楼上的“一千零一夜”

回想起来，那时候我应该是四岁或五岁。有一天，在外头疯跑着玩，隔着门缝看大人们开会，结果被吓病了。后来费了好大的工夫才治好。从此，我爹一到晚上就把我关在屋里，不让我出门乱跑。吃了晚饭，我爹一手举着煤油灯，一手摸着我的头顶，说：“走，跟我上楼去。”

我不想吃了饭就睡觉，我还想像从前那样，在区公所前的广场上看月亮、唱儿歌，跟街上的娃子们一起捉迷藏，到河边的草丛里捉萤火虫；可是，不听爹的话不行，他可厉害了，光看他的样子，我就害怕。有一天，我妈跟我爹吵架，当着我爹的面说他刀条脸、水泡眼、瘿包脖、一脸骨头没有肉。其实，我爹并不像我妈形容的那么丑。他的脖子上的瘿包，平时看不出来，只有生气的时候才会鼓出来。爹不像我妈那样爱说爱笑，他很少笑，偶尔笑起来，有点儿吓人。我最害怕爹生气，他生气的时候眼瞪得跟鸡蛋那么大；更可怕的是他的“栗子”——这是他的武器，也就是攥起拳头、手心向上、勾起中指——如果被那“栗子”敲中，我的脑袋就会立马鼓起一个包来，能疼上好几天。

唉，没办法，大人总是比小娃子厉害。

爹让我上楼睡觉，我只好上楼睡觉。

爹让我走在前头，他举着煤油灯给我照亮。木头楼梯能同时上下两个人。影子走在我前头，黑乎乎的，又高，又大，还一晃一晃的。影子也会爬楼，它爬到楼上之后，先是铺在地板上，接着贴在楼梯对面的墙上。在墙上，影子还是一晃一晃的，好像是走累了，在那里喘气。

阁楼像个山洞，啥也看不见；爹一上来，阁楼就亮了，床、小书柜、床头柜立马从黑暗中显现，它们也都有自己的影子，它们的影子也是一晃一晃的。阁楼有两间房那么大，中间没有隔墙，一张大木床放在阁楼正中间，那是我跟我爹的床。

爹把煤油灯放在床头柜上，一屁股坐在床上，床板“咯吱”一响。我也爬到床上，坐在爹脚头的被窝里。有时候，我会在阁楼上这儿走走那儿看看，爹总是说：“快钻到被窝里。”有时候却不管我，一直等到我玩够了，自己上床。

爹并不马上躺下，而是坐在床头的被窝里。爹一坐到床上，烟袋就已经在他手上了，好像烟袋就长在他的手上。他看都不看就把烟袋锅伸进烟布袋里去了，等到从布袋里拿出来的时候，烟袋锅里已经装满烟丝。爹把烟袋锅伸到灯亮上，灯亮往烟袋锅歪了歪，又歪了歪，一股蓝白色的烟从爹的鼻孔里一丝一丝冒出来，我就闻到了一股燃烧的烟草的臭味儿。

爹在吸了两袋烟之后，把烟袋锅在床沿上梆梆梆地连磕几下，噗地吹了灯，呼隆呼隆地脱衣裳。爹躺下的时候，床板咯咯吱吱地响，好像是床不耐烦了、生气了，在发泄心中的不满。

爹一口气就把灯吹灭了。我就不行。爹让我吹灯，我都是吹好几下才吹灭。爹说，小娃子家，嘴漏风。其实，也不完全是我的嘴漏风，我是故意的，我是想让灯多亮一会儿。每一次，当爹把灯噗的一声吹灭的时候，我就感到身子一晃，好像是一头栽到了床底下，连阁楼都摇晃了一下。

灯灭的时候，我怕黑，赶紧把头钻进被窝里，过了一会儿，才慢慢地把头从被窝里伸出来。这时候，一些光，慢慢地，从看不见的地方，爬回来。

最先看见的当然是亮瓦。

亮瓦在床的正上方，长方形，像一个白色的书本。白天，大晴天的时候，从亮瓦里投下来一道昏黄的光，像一根柱子，直直地或斜斜地投射到木头地板上。一些细小的灰尘，从黑影里飘进来，一会儿，又飘进黑影里去了；随即，又有一些灰尘从黑影里飘进来，转眼又不见了。对着光柱挥挥手，或是哈上一口气，那些飘着的灰尘就立马栽着跟头上上下下地飞起来，突然就没影儿了，而另外的灰尘就从看不见的地方忽地飞过来，在光影里飘飘转转。光柱就是我的放映机，我就是放电影的人。

夜里，看不见光柱，也看不见灰尘，只看见一个白色的长方形的东西在屋顶上悬着，我知道，那是亮瓦。盯着亮瓦，眼珠一动不动，长方形的白块儿就会慢慢地变圆。那白色的圆块儿，往后退，往后退，退退退，忽地，成了一个小小的白点儿；眼珠一转，那白点儿立马回到房顶上，还是长方形的，还是那么大。我的眼珠再次直起来，那长方形的白块儿就又圆了、又远了，成了一个小白点儿……

我天天夜里盯着亮瓦看。有一天，我跟爹说：“爹，点灯的时候，灯亮会照到天上去吧？”

爹说：“唔，应该是。”

“从天上也能看见一个柱子？”

“应该是。”

“要是顺着柱子往上爬，就能爬到天上去？”

“哎，你这娃子……有意思！”爹顿了顿，说，“当年，我当兵的时候，结交过一个侠客，他说他能顺着手电光爬到天上去。有一天，我们几个人跟他开玩笑，等到他顺着手电光爬到天上去的时候，我们突然关了手电，他当然没想到我们会跟他来这一手，啪嗒一声，从天上掉了下来……”

“摔死了？”

“没——有。”爹说，“他掉到一棵大树上，正在树枝上荡悠着哩，我们开了灯，他就又顺着灯光回到地上了。”

我笑出了声。

爹也笑了。他的笑声，尖尖的，有点儿像猫头鹰叫。

不仅亮瓦是白的，阁楼南面和北面的窗户也是白的。南面的窗户糊着绵纸，是一块方方的、模糊的白；北面是玻璃窗，更亮堂些。直着眼睛看窗户，那方方的白也是往后退、往后退，退退退，退到很远很远的地方，退成一个小小的白点儿。

南面窗户外头是阳台，阳台下头是河，河对岸是山。这些，都在我脑子里，不用想，它们自己就出现了，好像我已经看见了它们。我家的房子有一半悬在河上，爹说这是吊脚楼。房子下头的河总是发出“呵儿呵儿”的水声，在夜里，听得更清了。水声跟风声混在一起，就像是河在说梦话或是打呼噜。

北面的窗户临街，几根细细的树枝带着树叶在窗外晃来晃去，就像是有人在隔着窗户朝阁楼里头看，或是从窗外朝我招手。那是白果树上的桑树隔着街道伸过来的枝叶，刮风的时候，枝叶碰得窗玻璃刺啦刺啦响。窗户下头是街道，脚步声、过路人的说话声听得清清楚楚。夜里，总是有各种各样的声音。有大人们扯着嗓子喊自己孩子名字的呼唤声，有猛地响起、又突然停住的狗叫声，还有夜猫子的叫声。有时候，区公所前头的白果树会发出一连串的哼哼声。“哼，哼，哼哼哼哼”，像猪的叫声。爹说，白果树是“树哼子”，白果树一叫唤，镇子上就要死一个男丁。有时候，窗外的白果树上会突然传来一声鸟叫，“呕”的一声，只一声，就像是往水潭里扔了一颗石子，过了好长时间，又是“呕”的一声，爹说，那是鸟儿在梦中发癔症。“树哼子”很少叫，而鸟却每夜都叫。“树哼子”叫的那一回，真的死了一个人，是我的好朋友小刚的爷爷，他家就住在白果树下。

夜总是很长很长。

刚躺下那会儿，我睡不着，在床上翻来覆去。有时候，我会从被筒里钻到爹那头。爹让我给他抓痒，我就用指甲在他的脊梁上“哧儿哧儿”地抓。爹说：“小手娃儿抓痒，真舒服啊！”我也让他给我抓痒，爹抓着抓着，会突然胳肢我一下，我就跟虫子一样在床上乱踢腾，一边踢腾一边“咯咯咯”地笑。

爹也睡不着。

爹不光让我给他抓痒，还给我讲古经。一会儿讲个这，一会儿讲个那。我最喜欢听爹讲仙家的故事。爹说，仙家是一道白光或白影子，它们能变成各种各样的东西——或是猫、狗、黄鼠狼，或是白胡子老头儿等——倏地一下来了，倏地一下又没影儿了。我还喜欢爹讲鬼故事。爹讲鬼故事的时候，我总是吓得钻到被窝儿里不敢出来，等憋得不行，探出头来的时候，总觉得红眼绿鼻子的鬼们，正藏在阁楼的黑影里，随时都会出来抓住我。可是，怕归怕，我还是喜欢听。

爹说累了，就给我唱京戏。爹说，当年他在部队上的时候，跟着他的堂叔——也就是我的堂爷——学的京戏。爹说，在旧军队里，当官的几乎人人都会唱京戏。爹最喜欢唱的是那一句：“我本是——卧龙岗上——一个散淡的人——啊——”爹说，这是一出老戏，叫《空城计》。说到《空城计》，爹就顺便跟我讲诸葛亮。爹也唱一些新戏，一唱就是一大段儿：“想当初，老子的队伍——才开（那）张，拢共才有，十几个人——七八——条枪。遇皇军，追得我——晕头——转向，多亏了阿庆嫂，她将我，水缸里面把——身藏……”爹说，这是《沙家浜》。爹唱罢，就跟我讲胡传魁、阿庆嫂。有一回，爹又唱到“拢共才有十几个人，七八条枪”的时候，我问他：“为啥是十几个人，才七八条枪？剩下那几个人为啥没枪？”爹支支吾吾地说：“胡传魁是个当官儿的，自己不用拿枪。”

爹不光自己唱，还教我唱。

我也能学会，但总是唱上几句就跟不上了。有时候，我爹还在唱着，我已经睡着了。爹拿脚踢踢我的屁股蛋儿，问：“哎哎哎，睡着了？”我醒了，但不吭声儿，装着没醒，爹就在床那头自言自语：“还是娃子家瞌睡大。”然后，他也不吭声儿了，过了一会儿，我就听见爹的鼾声。

别看爹睡得那么香，一会儿他准会突然醒来，并一定会一脚踹在我的屁股上。要知道，这会儿，我在梦中正四处找厕所，啊，总算找到了……结果，那泡尿没有尿在梦中的厕所里，而是尿在了我和爹的床上。

我总是尿床，几乎天天尿床。爹就说我是一个尿床袋，每次尿了床，爹都会起来拿个小褥子垫在我的身子下头，一边垫褥子一边唱儿歌：

尿床袋，
顶被晒。
晒不干，

打一天。
晒干了，
打瘫了。

哎呀，我家的阁楼，总是骚乎乎的。我和我爹早已经习惯了，到了晚上，爹照样会拿着灯走在我身后，对我说：“走，跟我上楼去。”

磨道歌声

推着磨杠往前走，总是碰到我爹的腿。我爹在呼哧呼哧地喘气，石磨也在呼呼地喘气。走一会儿，就能看到升子那么大一块方方正正的白，那是磨道的窗户；看见窗户，我就知道又走了一圈儿。窗户下面的黑影里传来咣当咣当的响声，那是妈在筛面。

地发暄，是踩到驴粪上了。满鼻子驴粪味儿，呛人。

感觉是一直在往前走，感觉已经走了很远很远，其实只是在磨道里转圈儿。走啊走啊走啊，走着走着就感到不是在走，而是顺着一个黑不见底的旋涡在往下沉。头晕起来，身子往左边倒，腿开始发直发硬，好像那不是腿，而是两条碍事的木棍子在碰来碰去。

“只有驴子才拉磨，我又不是驴子，为啥让我推磨？”我说。

爹没有吭声儿，妈也没有吭声儿。我又说：“别人家磨面都是用生产队的驴子拉磨，咱家为啥就要人推啊？”

妈在黑影里说话了：“驴是生产队的，使生产队的驴，就要把磨面的麸子留下来给驴子吃。把麦麸子留给驴子，咱家的猪就没得吃。”

我知道了。

“那为啥不点灯？”我问。

妈不吭声儿。爹说：“窗口风大，灯点不着。点不着正好，省点儿油。”

黑灯瞎火的，你们就不着急？反正我是着急。呃，其实，看不见正好，推磨的时候，我不使劲，扶着磨杠跟着走，爹也就看不见。没想到，刚一松手，爹就知道了，说：“你咋不使劲啊？推！”我就赶紧加上一把劲儿。推着推着，又推不动了。呃，有办法了，悬空吊在磨杠上，让磨杠驮着我走，那才省力哩。我把身子刚刚悬吊到磨杠上，爹又发现了，呼地一巴掌扇过来，我感觉到风，脖子一缩，他没打住。爹说：“干啥哩你，叫你推磨，你就这个推法儿？”好像他长着夜眼，啥都能看见。爹说过，驴子长着夜眼。驴子的夜眼长在腿上，所以在夜里能赶路。我咋说呢，驴子在拉磨的时候，人们用一块布捂着驴子的眼，驴子照样能走，它是用夜眼看路哩。人啊，要是也长个夜眼就好了，有了夜眼就不用点灯了，就不怕黑夜了。

“走不动了，我真的走不动了。”我带着哭腔大声说。

爹说：“推吧，磨了面，回家给你烙个小油旋。”

听着妈扑通扑通的筛面声，闻着小麦面的香味，我好像闻见了烙油旋馍的香气。噢，太好了，爹说要给我烙油旋。油旋就是抹了油的烙馍，中间还有葱花儿呢，我在过年的时候吃过，可香了，真的！闭着眼，我看见油旋的样子了：圆圆的，黄黄的，边儿翻卷着，泛着油光，还有葱花儿，还冒着香气呢。嗯，那是香喷喷的猪油的香气，油旋的香气！这时候，我的腿上就有劲儿了。我咽了口唾沫，用力地推着磨，走走，往前走，走走，往前走。

麦面的香气越来越浓，油旋的样子在黑夜里越来越大，这时候，我的肚子咕咕噜噜地叫起来。肚子一叫，腿一下子软了，脊梁上像针扎一样，发痒，是出汗了。这鬼磨，啥时候才能推完啊？啥时候才能吃上油旋啊？我的脚步慢下来，张着嘴只喘气。眼前的油旋也不知道跑到哪里去了，满眼都是金星，像过年时候的烟花一样，轰地来了，慢慢地散去；接着，又是轰地来了，慢慢地散去。

就在这个时候，黑暗中猛然浮出歌唱声，是京剧《红灯记》："临行——喝妈，一碗酒，浑身——是——胆——雄赳——赳！"

是爹的声音。

我的身子抖了一下，有一种东西从脚下开始顺着腿往上来，我的腿就不恁软了。

"山娃，唱！"爹说。

我跟着唱起来。

石磨，有力地响着。石磨的响声就像是京胡，在呼呼呼地为《红灯记》伴奏。不知不觉，我的脚步轻快起来，眼前的金星不见了。我眼前的黑暗里，慢慢地浮现出一个很大很大的银幕，李玉和身戴脚镣和手铐站在李奶奶的前面，昂首挺胸，眼望前方，在唱，在唱。哦，我想起了学校的操场上放电影的情景。我爹他唱得跟电影上的一模一样。

唱着唱着，从窗口那边传来尖细的嗓音：“听罢奶奶——说——红——灯！”是妈的声音。咦，妈也会唱？以前可没听她唱过。我妈唱的是李铁梅。

爹说：“这一句不准，听我给你唱：‘说——红嗯嗯——灯！红嗯嗯——灯！’先上去，再猛地下来。对，就这样。”

唱了一会儿《红灯记》，又转到《沙家浜》。爹先唱：“想当初，老子的队伍——才开张，拢共才有十几个人，七八啊啊——条枪。”我爹唱的是胡传魁。爹的声音突然变得很粗很粗，像电影上的胡传魁。

爹唱了一段，我接上去：“适才呀听得司令讲，阿庆嫂——噢噢噢——真是，不寻常！”我唱完了那一段，妈接上了：“参谋长，你休要谬夸奖，舍己救人——不敢当！”妈唱得有点儿跑调，爹就开始一句一句地纠正她。

这一出叫“智斗”，也就是阿庆嫂跟敌人斗心眼儿。最后啊，胡传魁和刁德一都不行，斗不过阿庆嫂，还是共产党厉害。这是我爹跟我说的。有天夜里，我和爹一起到外村看电影，在回家的路上，爹给我讲《沙家浜》里的故事。爹说，当年阿庆嫂救过胡传魁的命，把他藏在水缸里，鬼子没找到他，后来他就跑了。我问爹，胡传魁是个坏人，阿庆嫂为啥还要救他？爹说，那个时候，胡传魁还是个好人，还没有投降日本人。我爹还说，共产党里就是能人多啊，啥样的能人都有。那个阿庆嫂能救胡传魁，也能治死胡传魁。刁德一看出来了，就那也不行，到底还是被阿庆嫂给收拾了。

我们三个人一起唱着，石磨在呼呼地响着，妈手里筛面的罗好像在给我们打拍子，一会儿快，一会儿慢。正唱呢，妈说："行了，筛最后一罗，收拾收拾麸子回家。"爹放下磨杠，划着火柴，点灯，看看面，说："这面都发乌了，麸子都磨进面里了。"妈说："磨得是苦些，不是能多吃点儿嘛。"

哎呀，这就磨完了？真快啊！我不累，我还想唱。唱惯了，就只想唱，好像肚子里有啥东西，只想往外流，不流就憋得慌。

走出磨道，地上亮汪汪的。天上的月亮很大，房子和树，还有房子和树的影子都看得清清楚楚。爹扤着盛面的篮子，妈背着装麸子的布袋，我拿着罗。爹又唱起来了："月照——征途——呜呜呜，呜呜呜呜——风——送——爽昂昂昂，穿过——了嗷嗷嗷——山和——水——沉——睡的村——庄昂昂昂！"

村里静悄悄的，我们穿过沉睡的村庄，回家去。

第二天，朝娃的爹拉着牛上坡里去，走到我家门口，问我爹："老张，你家买收音机了？"

爹说："没有啊？连盐都吃不上，还买啥收音机哩。"

朝娃他爹说："那我昨儿晚上咋会听见你家在磨面的时候放收音机哩？还是样板戏哩！"

爹笑了，说:“那是我们一家人唱着玩哩。”

“真的？”朝娃他爹不信，说，“那咋跟收音机里唱得一模一样？看不出来，你还有那个本事！”

熬　年

我老家那个地方，把守岁叫作“熬年”。

我对“熬年”最早的记忆，是在八岁那年。那年我家从湖北郧县搬迁到河南邓县，一家四口寄居在姑姑家一间破房子里。除夕，天黑了，村里的小伙伴们穿着新衣裳，在爆竹的噼啪声和明明灭灭的闪光中欢天喜地地奔跑着吆喝着，只有我还穿着旧棉袄在院子的榆树下等待我的新衣裳。妈说：“别急，马上好了，就剩几针。”果然，不大一会儿，妈把一件她亲手缝制的新上衣套在我那沾满鼻涕和污垢的破袄上。

穿上新衣裳，我问爹：“人家都放炮，咱家咋不放啊？”

爹说：“放啊，咱也放！”说着，他从墙角取过一根扎鞭，站在院子中央，叉开双腿，甩开臂膀，朝着空中“啪——”地甩过去，又“啪——”地甩过去，“啪，啪，啪，啪”一连来了几十响。我知道这是在糊弄我，就愤怒地说：“不对，你这是扯扎鞭，不是放炮子！”

爹说：“这不也是个响儿？你好好上学，等你长大了，当干部了，咱家有钱了，咱们就盖一大院房子，对了，还要盖个大门楼。过年的时候，咱就在榆树梢子上挂一大挂鞭，放它三天三夜！”说罢，爹仰颏儿望着天，笑了。我跟着爹的眼睛往那高高的榆树顶上看，想象着从树顶上垂下来的那一挂鞭炮该有多长，能放多长时间，那鞭炮声该有多响。“赶明儿有钱了……”是我爹的一句口头禅。我妈老是抢白他：“你总是说，赶明儿有钱了，干这，赶明儿有钱了，干那。关键是，你啥时候会有钱啊？”妈抢白的时候，爹总是笑。

虽说没有鞭炮，但毕竟有了一件新衣裳，所以吃了年夜饭我就往外跑，我要去“捡炮”，也就是捡别人家放炮时掉落的没有爆炸的鞭炮。那年头，这是村里小娃子们最开心的事情。刚跑到门口，爹一把拽住我：“不准乱跑，熬年！”我不知道啥叫“熬年”，心里痒痒的，只想往外跑，却又害怕我爹，只好乖乖地在屋里待着。

那时候，没有电视机，更没有“春晚”，我家甚至连一台收音机都买不起，空荡荡的屋里点着一盏满身油污的煤油灯，昏黄的灯亮拖着一条向上飘摇的黑尾巴。爹妈并排坐在方桌旁的木椅上，我坐在一把小木凳上，妹妹坐在妈的怀里。

“啥叫‘熬年’哩？”爹好像是猜出了我心中的疑问，就这样开腔了。“古时候啊，在深山老林里有一种怪物叫‘年’。这家伙长着又长又尖的独角，有一条很长很长的尾巴，凶狠，贪吃，飞禽走兽，鳞介虫豸，从磕头虫吃到人，只要是会出气儿的，逮住啥吃啥。时间长了，人们发现‘年’这个东西每隔三百六十五天出来一次，而且喜欢到人多的地方去吃人，鸡叫的时候它才不得不回到山里去。人们还发现，这家伙怕火、怕响动。看出这个门道之后，人们就想法对付它：大年三十这天，也就是它出来吃人的时候，家家户户挂灯笼、放鞭炮吓唬它；大人小孩呢？躲在家里不出门，一直等到天亮。天一亮，就没事儿了。”

这是爹又在给我“拍瞎话儿”。

我老家那一带把讲故事叫作“拍瞎话儿”。在湖北老家的时候，我跟爹住在阁楼上，吃了晚饭躺在床上，我爹就跟收音机里的节目一样会准时开始讲古经，也就是“拍瞎话儿”。一会儿拍我前八代老祖先，一会儿拍到我爷爷奶奶，拍着拍着就会扯到他当兵时候的事情，还有白桑关镇的来历，以及仙家、神树、凤凰、蛇精、蛤蟆精、红毛野人等。爹拍累了，我听累了，他会穿插着唱一段京戏或二黄。

爹说罢“年”的来历，往嘴里扔一粒炒玉米花，咯嘣咯嘣地嚼着，继续说。说到我爷爷奶奶，他总是这样开头：“咱家原先出过两个武举和四代名医，到你爷爷这一代，咱家还有五座山、二十多亩水田、一大院房子，院子里的树三四个人都搂不住。可是，村里出了个恶霸，你爷爷老实，立不住门户……”这个，我都听过多少遍了，于是我就接过爹的话茬儿：“我爷爷奶奶领着你和我姑姑到了白桑关，扛长工、打短工，舍不得吃、舍不得穿，攒钱开了饭铺……”

“呃，你都记住了？”爹惊喜地瞅我一眼，不往下说了，他开始说我老老老老爷爷的事情。说是有一天，天快黑的时候，那位老祖先从山坡上下来，经过竹林边一条小路，突然看见眼前站着一个须发皆白、一身白袍的老人。那老人向我家老祖先鞠了一躬，说："我就住这个竹林里。我家有难，请你搭救搭救我们。"老祖先既吃惊又恍惚，跟做梦一样，就惊奇地问那人如何搭救。白胡子老头儿说，今儿晚上，你家不要锁门，也不要堵水道眼儿，到了那个时辰，我们一家老小会到你家躲一躲。我那位老祖先答应了。结果，到了小半夜，突然霹雳阵阵，狂风大作，但见一股白烟从门外涌进屋来。老祖先不敢吭声儿，吓得在床上瑟瑟发抖。不知道过了多久，风雨停了，雷电收了，那股白烟不声不响地飘出去了。天快亮的时候，老祖先做了个梦，梦见那个白胡子老头儿站在床前，双手合十，向他深鞠一躬，说："感谢搭救之恩。我要搬家了，送你一句话：竹林正中间有一个朽木桩子，朝下挖三尺，会有一个铁匣子，你去取出来，保你一家从此吃喝不愁。"老祖先以为那是财宝呢，结果取出来的是几卷书，有灵单妙方，也有看风水和解梦的书，我家从此出了几代名医和擅长解梦的人。原来，我老祖先搭救的是一个狐仙家族。

爹正拍得起劲儿，我妈突然打断他，开始讲我外公的故事。我妈说，我外公当年是淅川县有名的皮草商人，最红火的时候，有二十条船，在县城还有自己的商铺。他人高马大，声音高，爱说爱笑，爱管闲事，爱帮助可怜人，爱替人打官司，尤其见不得那些欺男霸女的恶人，谁厉害，他偏收拾谁。当地人就给他编了个顺口溜："柴玉山，铺摊摊，说句话，老冒烟。"这些，我听过不止一次。每说到这儿，我妈都要感叹："咱家每次遇到过不去的坎儿，眼看着不行了，呃，总会有人搭救。想想，这都是祖上积了德，才有神灵保佑啊！"

我爹接住这个话茬儿往下说，像是在印证我妈的说法。爹说，那一年他随部队在一个地方打仗。那天，炮弹好像长着眼睛，撵着他们打，跟他一起的几十个人都被炸死了，就他一个人毫发无损地跑了出来。其中一次，炮弹就落在他的脚前，气浪把他扔到半空中，他想：完了！可是，他竟然落在麦秸垛上。他从上头滚下来，拍拍身上的灰，没事儿！"要不是有神灵保佑，这咋解释啊？"爹说。

那个除夕的晚上，妹妹在妈的怀里睡着了，我没有睡，一直听到天亮。我不仅听到了一个又一个真假难辨却很有意思的"瞎话儿"，还听到了爹妈关于人生的声声慨叹。至今我依然记得爹妈在那天晚上说的一些类似格言警句之类的话，譬如，"人在做，天在看"；又譬如，"天无绝人之路，船到桥前自然直""人只要活着，就没有过不去的坎儿""人只有懒死的，没有累死的""靠人吃饭饿死，靠人穿衣冻杀"。当时，我还年幼，感受不到寄人篱下的滋味，体会不到爹妈内心的痛苦和煎熬，但我记住了爹妈说的这些话。这些话在我心里扎下了根。

我童年和少年的一个个除夕，就是这样"熬"过来的。那些被爹妈讲了一遍又一遍的故事，几十年来就像影子一样跟着我，在不断地提醒我：记住，记住你是从哪里来的。在"熬年”时听到过的话语，有的一直陪伴着我，跟我一起成长；有的本来已经随风而逝，没想到竟会在某个时刻忽然冒出来，就像一缕光蓦然照亮岁月，让我明白了许多藏在那些话语背后的深刻得让人痛苦的道理。

大学毕业前的那一年，我爹去世了，年也就慢慢地不“熬”了。2015 年，妈不在了，想跟她一起“熬年”，已经永远没有机会了。真想等到哪一年，儿子回家过年的时候，一家人像我小时候那样“熬”一次年……

牛蹄子的滋味

那天，生产队里杀牛。

杀牛，是一件大事，全生产队大人小孩儿都来围观，就像一个盛大的节日。我大概十岁，挤在人群里看杀牛。

这是一头典型的南阳黄牛，在少年的我看来，它高大得简直就是一座山。可是，这黄牛已经瘦骨嶙峋，骨头茬子眼看就要扎破牛皮露出体外，枯黄的牛毛杂乱地竖着，整头牛看上去就像是一大捆摇摇欲坠的柴火。那年月，牛是生产队里最值钱的东西，也是农民最看重的伙伴，人们生活再紧张也少不了它的草料。但那头牛实在是太老了，拉不动犁，甚至走不动路，于是人们就只好杀了它。从围观者的表情看，大家都想吃肉，眼里放出绿光，就像一群围着猎物的狼。

杀牛的时候，先是几个人用绳子套一个圈儿，把牛的两条后腿套住、系紧，猛地一拽，牛就倒了；然后，用另外的绳子拴住牛的两条前腿。牛在地上一拱一拱地挣扎，哞哞地叫。这时候，上来一个人，手里拿着一把长长的、白亮亮的刀。那人并不急于动手，而是蹲在牛的面前，用刀子在牛的肚子上来回蹭着，跟牛说：“牛啊，牛啊，莫怪我。你太老了，该走了，我送你！”那牛似乎听懂了屠夫的话，拇指肚那么大的泪滴从它那硕大而明亮的眼睛里往外涌，把它面前的地滴湿了一大片。牛把式，也就是喂牛使牛的那个人，在人群外头抱着头呜呜地哭，一些妇女也跟着哭。

哭归哭，最后人们还是把那头牛杀了。血接了一大盆子，还有一些血流到地上，红了一大片。那个杀牛的人，业务很熟练，不一会儿就把牛皮剥了下来。那头被宰杀的牛，白花花，光溜溜，侧卧在摊开的牛皮上，就像一个大胖子睡在红白色的床单上。

让我记忆最深的是，那个杀牛的人把四只牛蹄子砍下来之后，像扔砖头一样随手扔了。当地人有一个习惯：不吃牛蹄子，不吃鸡爪子，不吃鱼头和鱼尾。当时，我爹也在围观的人群中，他把屠夫扔掉的四个牛蹄子捡了起来。我家是从湖北搬迁过来的，我们老家的人大概有吃牛蹄子的习惯。

杀了牛之后，生产队里每家每户各分到一小块牛肉，大家高高兴兴地捧着散发着浓重腥气的牛肉回家。而我爹用一根草绳捆了那四只牛蹄子，一手捧着牛肉，一手拎着牛蹄子，笑眯眯地往家走。

当年那牛肉的滋味已经记不得了——大概是因为太少吧，印象不深——但牛蹄子的滋味，我至今记得清清楚楚。

记得我爹把牛蹄子拿回家之后，用一根烧红的烙铁在牛蹄子上嘶嘶啦啦地烙着，一股蓝烟伴随着浓浓的焦煳味儿扑面而来，还夹杂着烤肉的香味儿。烙好之后，妈烧了半锅开水，把那牛蹄子在开水里烫了一会儿，用一个小刀子慢慢地刮着。之后，我爹把牛蹄甲一一剔掉，用清水慢慢地洗那牛蹄子。洗完之后，用刀把牛蹄子切开放到锅里，添上水开始煮。记得当时没有放什么作料，就是白水煮。等到饭锅冒白烟的时候，我闻到了肉香，那是一种带着淡淡草腥味和焦煳味儿的香。

我急着要吃，爹一把拦住我伸向锅盖的手，说："慌啥子？还没好哩，得文火慢慢炖。"

不知等了多长时间——在我的记忆中，那段时间十分十分漫长——爹终于揭开了锅盖，用一双筷子扎了扎牛蹄子，说："好了。"他一边往碗里盛，一边说："先不放盐，原味，好吃。"

现在回想起那牛蹄子的味道，如果用一个字概括，就是"鲜"。

这"鲜"字怎么理解？首先漂浮上来的是由肉香、皮毛的煳味儿混合而成的浓郁的香气，它构成味觉的表层，就像事物鲜亮的外表；然后，有一股青草、干草的香味暗暗地浮动；最后是一股若有若无的泥土味儿，沉沉的，低低的，掩藏在那味道的底层。这味道，与田野有关，与泥土有关，与草木和庄稼有关，甚至与大气和水有关。

这是我此时回味并总结出来的感觉，自然是加上了我此时对那种味道的理解。当时却没有想那么多，只是觉得牛蹄子好吃得要命。几十年来，我时常会想起那牛蹄子的味道。

后来，在不同的地方吃过不同的牛肉和牛蹄子，却总是吃不出小时候吃过的牛蹄子的味道。我的一位邓州老乡在省城开了一家专门经营全牛宴的饭店，在这里食客可以从牛头吃到牛尾。牛头，在全牛宴上自然是领头的，是其中的一道“硬菜”。这道菜，以牛的头盖骨为盛器，里头装的是从牛头上分离出来的各种各样的肉。由于是“头”，这道菜自然显得大气、庄重，甚至带着神气和霸气，显得颇具象征意味，是一种隐喻。一道菜一道菜下来，从牛的五脏到六腑，从皮到骨髓，吃到最后，不仅是牛尾，还有更靠下的，也是最接地气的，那就是一道以牛蹄子为材料做成的菜。在这里吃牛，不仅吃的是牛的各个部位，更重要的是，这里供应的是正宗的南阳黄牛，自然与水牛、红牛、奶牛的肉质和口感大为不同。

据说，这个店里的牛肉和牛杂均来自南阳盆地，也就是来自黄牛的故乡。这让我突然明白，在这里吃到的牛肉——包括牛蹄子——之所以让我感到亲切，是因为其中带着家乡的味道，带着家乡田野上青草的味道、庄稼的味道、泥土的味道，以及空气和水的味道。

写到这里，回想起当年被杀掉的那头生产队的牛，想起它临死时流下的一摊眼泪，我突然感到难过，并为自己津津乐道地描写牛蹄子的味道而深感羞愧。想起当年曾经听村里的老年人说过，从前乡下有一个规矩：对于老得干不动活儿的耕牛，是不能杀的，必须等它自然老死，然后把它埋在它耕种过的地里。不知道从哪个年月开始，这个规矩被破坏了。

到了这个年纪，我变得越来越怀旧了，每当见到餐桌上的牛蹄子，我总会想起那头被我吃掉了蹄子的牛，就不再想吃牛蹄子了。这也算是我迟到的忏悔吧。